特別感謝史蒂芬妮・特魯・彼得斯（Stephanie True Peters）

感謝她對本書的協助

阿斯嘉末日【目錄】

九個世界

阿斯嘉

阿薩神族的居所

又一顆砍斷的腦袋

文／奧丁

我的英靈戰士有句話說得好：「有些日子你是斧頭，有些日子你遭到斬首。」我好喜歡這句話，還把它印在T恤上，陳列在瓦爾哈拉旅館的紀念品商店。

身為眾神之父，智慧之神，阿薩神族之王，以及整個阿斯嘉的統治者，我通常是斧頭。強大。權威。掌控萬事萬物。

通常是這樣啦。但是不久之前的某一天……嗯，就說是事情的發展不如預期好了。

事情的開端是這樣的，瓦爾哈拉的門衛杭汀通知我，陣亡英靈宴會廳起了一陣大騷動。

「大騷動？」我一邊打開宴會廳的大門，一邊問。

啪啦！

「奧丁陛下，一場食物大戰啊。」

我從臉上剝下厚厚一片還沒煮過的沙赫利姆尼爾生肉。「我懂了。」

這不只是隨便一場食物大戰而已，這是女武神的食物大戰。在我上方，有十多位陣亡英靈的挑選者飛來飛去，一下子飛撲，一下子俯衝，拿著宴席上的獸肉、馬鈴薯、麵包和其他食品彼此扔來扔去。

「夠了！」

我的聲音傳送出一陣衝擊波，橫掃宴會大廳。整場大戰停了下來。

「把你們的武器全部放下。」

沙赫利姆尼爾肉排和其他食物紛紛掉在地上。

「好了，把這團混亂清理乾淨，想想看自己做了什麼好事。」

趁那些女武神跑去找抹布之際，我召喚杭汀，他嚇得躲在角落。

「陪我走一下。」我說。

我們曲折穿越瓦爾哈拉旅館，這旅館是我手下英靈戰士的永恆家園。英靈戰士是英勇死去的凡人，由我那些高貴的女武神負責將死去英雄帶來這裡。勇敢的戰士在這裡接受訓練，準備在世界末日「諸神的黃昏」來臨那天，與天神並肩作戰，共同對抗巨人大軍。（如果你想更加了解這項來世的計畫，請參考我寫的介紹手冊《死了都要戰》。）

我在一道石砌樓梯底部停下腳步。「自從女武神隊長古妮拉過世之後，我的一些侍女變得……煩躁又好鬥。」我摸摸臉上剛才黏了生肉的地方。「我一直希望女武神能夠自己選出新任的隊長。既然她們選不出來，我就得插手了。」

杭汀看起來鬆了一口氣。「奧丁陛下，您心中有屬意的古妮拉繼任人選嗎？」

可惜沒有。我的頭號人選，莎米拉．阿巴斯，已經選擇成為我手下負責特殊任務的女武神。我沒有退而求其次的人選……目前還沒有。

「去通知各位領主，請他們在一個小時之內帶著人選前來議事房。如果你要找我的話，我會坐在至高王座『里德史卡夫』上面，瀏覽九個世界的情況。還有，杭汀啊……」

「奧丁陛下，什麼事？」

「不要找我。」

我爬樓梯上去我的大涼亭，陷進里德史卡夫裡，這是一張魔法王座，我從這裡可以窺探全部九個世界。王座上鋪著柔軟的貂皮，舒舒服服托住我的臀部。我深呼吸幾下，集中注意力，然後轉向在此之外的各個世界。

我通常從自己的領土阿斯嘉先開始瀏覽一番，然後繞著其餘八個世界看一圈：米德加爾特，人類的領地；精靈王國亞爾夫海姆；華納海姆，華納神族的領地；約頓海姆，巨人的土地；尼福爾海姆，充滿冰雪和霧靄的世界；赫爾海姆，不名譽死者的領地；尼德威阿爾，侏儒的陰暗世界，以及穆斯貝爾海姆，火巨人的家園。

而這一次，我的目光無法跳出阿斯嘉。因為山羊的關係。具體來說，那是索爾的兩隻山羊，馬文和奧提斯。他們穿著一身襤褸的睡衣，待在彩虹橋上，那裡是連接阿斯嘉和米德加爾特的放射性彩虹橋。但是到處都沒看到索爾的蹤影，這實在很奇怪。他通常會待在馬文和奧提斯的附近，每天殺他們來吃，然後隔天早上他們又死而復生。

更令人不安的是海姆達爾，他是彩虹橋的守衛。只見他雙手雙腳並用，在附近跳來跳去，活像是精神錯亂的瘋子。「所以，我要你們兩個傢伙這樣做，」他一邊蹦蹦跳跳，一邊對奧提斯和馬文這樣說：「跳躍。嬉鬧。歡欣跳動。好嗎？」

我把雲層撥開。「海姆達爾！你在下面那裡到底在搞什麼鬼赫爾海姆啊？」

「喔，奧丁，嗨！」海姆達爾的尖銳聲音像是吸了笑氣，讓我整個人超緊張又很難受。他對我猛揮他的平板手機。「我正在拍一支可愛小寶寶山羊的影片，要放到我的限時動態上面。可愛小寶寶山羊影片在米德加爾特超受歡迎！超級受歡迎喔！」他伸展雙手輔助說明。

「我又不是小寶寶！」馬文氣呼呼說著。

「我有可愛嗎？」奧提斯疑惑地說。

「放下你的平板手機，立刻回去執行你的勤務！」

根據預言，巨人有一天會對彩虹橋發動猛烈攻擊，那是「諸神的黃昏」降臨我們身上的預兆。海姆達爾的任務是運用他的號角「加拉爾」發布警報；如果忙著拍攝限時動態，他就無法執行這項任務了。

「我可以先把可愛小寶寶山羊影片拍完嗎？」海姆達爾懇求著。

「不行。」

「喔。」他轉身看著奧提斯和馬文。「兩位，我想，那我們就拍完收工了。」

「終於啊，」馬文說：「我要去好好吃個草。」他跳下彩虹橋，筆直墜落，幾乎肯定會摔死，然後等待隔天大復活。奧提斯嘆口氣，喃喃說著另一側的草比較青綠之類的，接著跟在馬文後面跳下去。

「海姆達爾，」我以堅定的語氣說：「需要我提醒你，只要有一個巨人偷偷溜進阿斯嘉，會有什麼樣的後果嗎？」

海姆達爾低著頭，滿臉羞愧。「道歉的表情符號。」

我嘆口氣。「對啦，好吧。我……」

瓦爾哈拉旅館的花園出現一點動靜，吸引我的目光。我看得更仔細一點，然後馬上就希望我沒這樣做。

有兩條腿岔開在那兒，除了一條皮短褲之外，什麼都沒穿。那是索爾，他彎下腰，扭動身子，然後蹲下去放屁。他的腳踝綁著某種裝置，形狀像是「英靈結」，是三個彼此環環相扣的三角形。

「我兒子到底在幹嘛啊？」我困惑地問。

「誰？索爾嗎？」海姆達爾轉頭遙望背後。「他在熱身啦，準備慢跑穿越九個世界。」

「慢跑。穿越九個世界。」我跟著說一次。

「對啊。如果他綁著『健身結』……就是他腳踝上那個東西，以這樣慢跑一千萬步的話，就能在米德加爾特的一個電視節目客串演出。這就是我得到他的兩隻山羊的原因。他說兩隻山羊會拖慢他的速度。」

「太荒唐了！」

「不見得喔。那兩隻山羊的速度是真的沒有很快，除非他們筆直墜落，就像剛才那樣。」

「不是啦，我的意思是……好吧，當我沒說。」我用兩隻手圈住嘴巴大喊：「索爾！索爾啊！」

海姆達爾輕敲自己的耳朵。「他正在聽那個會滾的。」

「搖滾樂？」

「不是，只是會滾的。卵石，砂石，石頭。」海姆達爾停了一下。「難道他說的是『滾石』合唱團？」

謝天謝地，就在這時，一隻傳訊渡鴉俯衝撲進大涼亭，召喚我前去參加領主會議。

「總算，」我嘀咕說著，準備前往議事房，「要有一段神智正常的時光了。」

我打開會議室的門，發現我所信賴的顧問群坐在他們的豪華皮椅上，所有人正在瘋狂轉圈圈。

「誰轉得最久又沒有頭暈嘔吐，誰就贏了！」其中一位艾瑞克這樣大喊。

「各位領主！」我吼道：「秩序！」

我的顧問群很快把他們的椅子拉到桌旁（只有斯諾里．斯圖魯松除外，他搖搖晃晃走向最近的垃圾桶大吐特吐）。我坐到桌首的位置，對杭汀點點頭。「把候選人帶上前來。」

第一位獲得提名的是芙瑞迪斯，紅鬍子艾瑞克的女兒。回首過去，芙瑞迪斯曾是優秀的女武神。然而從她佝僂的背部、茫然的微笑和乳白的眼睛看來，歲月並沒有對她手下留情。

「艾瑞克，」我提出觀察，「你的女兒實在很老了。」

艾瑞克用他的雙指尖刺武器指著我。「很老等於很有經驗，我說的對吧？」

「這個例子不是。」我感謝芙瑞迪斯過去提供的服務，送她踏著蹣跚的步伐走回去。

下一位是卡拉，善良但笨拙的蠢蛋，一天到晚吃吃傻笑。她之所以成為女武神，只因為她和瓦爾哈拉旅館經理赫爾吉有著好幾世紀的交情。是好女孩嗎？對啦。有資格領導我的女戰士嗎？

「啊，不行。」我回應赫爾吉充滿期盼的眼神。

布狄卡，令人敬畏的凱爾特王后，自從公元六十一年開始擔任女武神，她是大衛．克羅克特提名的人選。她揮舞長劍衝進來，以不耐煩的眼神環顧整個房間，接著憤怒地仰天長嘯。

「有人告訴我，這裡有點心可以吃！」她把最靠近的落地燈一刀砍斷，氣呼呼衝出去。

我捏捏自己的鼻梁。「至少下一位候選人不會更糟。」

下一位候選人又更糟了。

一位衰老的乾癟老太婆，滿頭黏膩灰髮，長袍骯髒且破爛，踩著搖晃的步伐進入房間。她的體味直衝而來，我也在同一時間認出她。我從椅子上跳起來，連忙召喚出我的魔法長矛「岡尼爾」。「是你！」

這位醜老太婆發出帶有濃痰的咯咯笑聲。「喔喔，老獨眼龍，你記得我啊？」

「早在好幾個世紀之前，我就把你逐出女武神行列了！」我怒目瞪著身邊的領主。「是誰膽敢把這個女巫拉到我的面前？」

「喔，別對他們大呼小叫，」她斥責地說：「我聽說你正在挑選新任的女武神隊長，忍不住就來了。」她把某種噁心的東西咳進掌心，然後抹在長袍上。

「很抱歉，奧丁陛下，」杭汀輕聲說：「她是誰啊？」

「荷拉德古娜，」我咆哮著說：「赫爾的女兒，洛基的孫女。她要了一堆把戲，把瓦爾哈拉搞得雞飛狗跳。」

荷拉德古娜興奮吶喊。「記不記得那次我留下一長排的核果，吸引拉塔托斯克跑去拉雷德之樹？」

「就是你？」斯諾里尖聲大叫。「松鼠罵東罵西，結果海德倫的乳汁釀的蜜酒全都酸掉了！」他把臉埋進雙手的掌心。「晚餐都毀了！」

「我能說什麼呢？」她對我眨眨眼。「惡作劇是我的專長啊。」就在這時，周圍的空氣泛起漣漪，她開始愈變愈小。

我的腦袋裡響起警報聲。「荷拉德古娜遺傳的是洛基的騙術，不是他的變身力量。」

眼前響起尖銳刺耳的笑聲，冒名頂替的傢伙蛻變成一隻白頭海鵰。

「厄特加爾的洛基。」我說出這位山巨人之王的名號時，一波恐懼瀰漫於所有領主之間。我將岡尼爾的尖端刺向那隻鳥。「你怎麼找到這個世界的入口？」

那隻鷹瞇眼斜視。「它自己出現意想不到的機會。我掌握住了。」

我皺起眉頭。「海姆達爾和他的小寶寶山羊影片。」

「我才不是小寶寶！」馬文從旅館外面不知何處大聲吼著。

「那麼荷拉德古娜呢？」我質問道。

「你開除她之後，她來找我。那體味超可怕，不過是很棒的情報來源，直到盡頭都是如此。我指的是她的生命盡頭啦。」厄特加爾的洛基舉起翼尖，作勢劃過喉嚨。「模仿她很簡單。而在你的領主面前讓你出糗？這又是額外加分了。」

我真是聽夠了。我向後仰，擲出手中的長矛。岡尼爾從來不曾失手，這時卻飛過海鷗旁邊。怎麼會……？

厄特加爾的洛基得意大笑。「偉大的奧丁啊，只要用上一點點變形的魔法就能擋開喔？今天真是好日子！」

我眨眨眼睛，發現桌上再也沒有海鷗了；也許牠從頭到尾都沒有在那裡……而是在一扇打開的窗戶邊。牠以翅膀向我敬禮，隨即朝向遠方的約頓海姆山嶺翱翔而去。

我陷進自己的椅子裡。「全部離開房間。」

領主們匆匆忙忙拔腿就溜。在接下來的靜默中，有個想法在我腦中轉個不停：有些日子你是斧頭，有些日子你遭到斬首。

我這輩子從來沒有覺得這麼像遭到斬首。感覺很不好。因此，我選擇成為斧頭。

「杭汀，不要在走廊上偷偷摸摸的，給我進來這裡。」

門衛從門口探頭進來。「我沒有偷偷摸摸啊，」他為自己辯護，「我只是逗留在那裡。」

「進來。我需要你做三件事。第一件：找到方法追蹤索爾的『健身結』。隨時回報他的所在地點。」

「他難道不會按照順序環繞各個世界一周嗎？」

我露出不耐煩的糾結表情。「索爾的方向感超差的，他的路徑很可能飄忽不定。再來，第二件事：召集一群英靈戰士，對彩虹橋強力展開無預警攻擊。我想知道海姆達爾有沒有隨時保持警戒。」

「長官，沒問題。那麼第三件事呢？」

「通知所有的領主，從明天開始會有一陣子找不到我。」這時，我的外貌從身材粗壯的獨眼智慧天神轉變成雙眼健全的漂亮女子，身上穿著鐵鍊盔甲。「我會和自己的女武神生活在一起，由我親自找出誰有資格擔任隊長。」

杭汀挑了挑濃密的眉毛。「奧丁陛下，您是從厄特加爾的洛基身上得到靈感嗎？」

「只要觀察得夠仔細，你可以從任何來源窺見智慧。」我閉上嘴，思考一下。「咱們把這句話印到T恤上面。還有，杭汀？」

「陛下，什麼事？」

我變回真實的形象。「把可愛小寶寶山羊的影片下載到我的平板手機上。我得研究一下，看看這整場大騷動究竟是怎麼回事。」

米德加爾特

人類世界

這就是我討厭買衣服的原因

文/阿米爾・法德蘭

「阿米爾，你看起來超可怕的。」我的未婚妻，莎米拉・阿巴斯，她以驚駭且懷疑的神情盯著我的服裝。

「真的嗎？」我低頭看看自己。「不過這是晚禮服耶！」

「淺藍色的晚禮服！」

「搭配皺巴巴的襯衫和軟趴趴的蝴蝶領結，。」我為自己辯護。「我叔叔借我的。我想，這樣會讓你的外祖父母刮目相看，對吧？」

「這是吉德和碧碧的結婚五十週年紀念耶！」莎米氣急敗壞地說：「你不能穿……」

「莎米拉。」我父親從廚房冒出來。「他在開你玩笑啦。」

莎米的紅褐色眼睛冒出危險的怒火，於是我突然發現，對女武神開個實際的玩笑，很可能不是我這輩子最棒的主意。

「我現在正要去貝利茲恩的店，」我急忙安撫她，「我會挑選適合的服裝，我保證。」

「我要陪你一起去，只是要確認清楚。」莎米說。

我父親清清喉嚨，挑了挑眉毛。

「老爸，別擔心，」我說：「貝利茲會在場，當我們的監護人。」

「知道這點很好。」我父親回答。「不過呢，其實我是要建議你，出門前最好換個衣服。」

「嗯，對喔。給我五分鐘時間。」

我跑到樓上我的房間，開始脫衣服。接著我整個人僵住。透過眼角餘光，我看到一個黑影在窗外移動。有個人在防火逃生梯上。我頸背的毛髮豎立起來，心跳加快，躡手躡腳走過去，微微掀開窗簾。

一隻鴿子從我面前飛撲而過。我嚇得往後跳，失足跌倒，屁股重重摔落在地。

「大笨鳥。」我嘀咕著。我趕緊把晚禮服換成褪色的牛仔褲和白色T恤，接著匆匆趕下樓。

莎米正在講手機。「奧丁。」她用嘴形告訴我。她聽了一會兒，然後掛斷電話，對我露出抱歉的表情。「我得走了。緊要關頭的英靈戰士接引任務。應該不會花太多時間。我會去貝利茲恩的店裡找你。什麼都不要買，等我到了再說！」

我陪她走到門口。莎米左右張望一番，然後躍入空中，飛走了。

「我永遠都沒辦法習慣這點。」我喃喃說著。

我與大多數的凡人不一樣，我可以看穿變身術，這是一種魔法力量，能夠掩蓋現實。我該感謝（或咒罵）馬格努斯．雀斯，他讓這種情況真的實現了。他認為我最好多了解未婚妻的女武神生活。看到莎米突然消失，我真想知道我父親到底怎麼想。也許是覺得有一輛車速超快的計程車把她載走了？

我的腦袋在這方面開了竅，但並不是每一件事都很好玩。舉例來說，前往「貝利茲恩嚴選」那家店的路上，我與索爾擦身而過。我看出他真正的模樣：滿身大汗、肌肉發達的紅髮天神，全身只穿了一件皮短褲，但不會讓人產生什麼遐想。路上行人匆匆走過，不過還是有可能瞥見索爾本尊。

「貝利茲恩嚴選」由莎米拉的侏儒朋友開設經營，這家服飾店很高檔，幫助我把腦中的索爾影像拋到九霄雲外。我對服裝不是很講究，我的口頭禪是「就是要拒絕文青風格的丸子頭造型」；不過貝利茲恩的繽紛風格在召喚我。它們似乎沒有召喚別人。我是店裡唯一的人。

「哈囉，貝利茲，你在嗎？」

有個瘦削的男子從後面房間冒出來，他的兩隻眼睛很靠近，淺褐色頭髮有點稀疏，留著稀稀落落的鬍鬚。他扭緊雙手貼住胸口，很像一隻齧齒動物蹲坐在那裡。「侏儒目前不在店裡，」他用細薄尖銳的聲音告訴我：「我是史坦。我可以幫你採購行頭嗎？」

對我來說，所謂買衣服，就是從一堆放得歪歪斜斜的牛仔褲抓出正確的尺寸。我不習慣有銷售員提供服務，我也從來不知道貝利茲請了店員。可是呢，我身在紐伯里街，波士頓最高級精品店的聚集地，來到這裡的顧客都期待能得到個人專屬的服務。於是我順應情勢，謹慎以對。

「當然好，大概吧。」我從附近的衣架選了一件深藍色長褲。「我要去參加一場結婚五十週年的派對，所以要找些特別的衣服來穿。」

「特別的。好的。」他接過我手上的褲子，把它放回衣架上。「那件不特別。」

我相當確定貝利茲恩不會同意，但我沒說什麼。

史坦扭絞著雙手，晶亮如珠的眼睛打量著我的身形。「跟我想的一樣。你很苗條、高䠷，但是又沒有太高。你的雙腿很細。」他抬頭看我。「我有件衣服相當特別，你穿起來會很合身，很像第二層皮膚。在這裡等一下。」

我不打算說謊。等到史坦消失在後面房間裡，我差點奪門而出。那傢伙散發的氣質超詭異。不過派對就在今晚，要是沒在這家店買到衣服，我就真的得穿上藍色晚禮服。與其冒著莎米暴怒的風險，還不如忍耐史坦的詭異氣質。

史坦帶著一件淺褐色的皮褲回來。他輕撫褲子的材質，我覺得好像從來沒看過那種皮革。「試試這件。」他伸長手臂，讓我別無選擇，只能接過褲子。「穿上那件褲子，你再也不會脫下來。」

「呃，我希望你的意思是說，我再也不會『想要』脫下來。」我糾正他說。

「你會『永遠』穿著那件褲子！」

史坦的聲音帶著狂熱的語氣，害我好後悔沒有奪門而出。我決定對他讓步，試穿這件褲子。我會宣稱褲子不合身，或者太貴之類的原因，然後快速離開。

我拿起褲子，在試衣間的明亮光線中檢視一番。看起來很貼身，很像緊身牛仔褲，褲管收窄，臀部和大腿處顯得服貼。特殊的皮革非常輕，質感薄如紙。穿的時候可以直接套入，沒有拉鍊，只有腰部單獨一顆象牙鈕扣。正面唯一很深的口袋露出一小張皺皺的黃色紙張，上面用紅褐色墨水草草畫了一個標誌。

「你還沒有穿上啊。」

我差點嚇得魂飛魄散。史坦就站在簾幕的外面。我根本沒聽到他走近。

「呃，再等一下。」我把紙張塞回口袋裡，蹬開腳上的運動鞋，脫下牛仔褲。我的手機掉在地上。我考慮要發簡訊給莎米拉，叫她快點來，隨即想起她正在執行女武神的任務。我把手機放回自己的牛仔褲口袋，將褲子放到試衣間的長椅上。接著我踩進褐色褲子裡，把褲頭拉高，再扣緊鈕扣。

呼呼呼！伴隨著像是吸塵器吸到一張紙的聲音，褲子突然在我身子周圍緊縮起來。

「喂！這是在搞什麼鬼？」

簾幕掀開。史坦站在那裡，雙手在空中劃圈圈。「你穿上褲子了。你自願的喔。用自己的雙手穿上。」

「對啦，而我現在要脫下來了。馬上脫。用力脫！」我的手指摸索著鈕扣，但是無法解開。我把雙手的拇指插入褲頭，努力扯動鬆開。皮革緊黏在我身上，簡直像是畫上去的。我拉扯腳踝的褲管，猛抓側邊，褲子連稍微移動或扯開的跡象都沒有。

「口袋。檢查口袋啊！」史坦盯著褲子，這番話完全無法紓解我逐漸升高的恐懼與驚慌。

「裡面什麼也沒有，只有舊舊的一張紙。」

史坦走近一點。「檢查。再檢查一次。」他每個咬字都一清二楚，但再也不是細薄且尖銳的聲音，而是顯得瘋狂又危險。「快點！」

「好啦，好啦，冷靜一點！我正在檢查！」我伸手到口袋裡，然後眨眨眼。我的手指碰到一枚硬幣。是五十美分的硬幣，根據大小來判斷。我拿出來，吞了一口口水。「這是……黃金？」

史坦捧著雙手伸過來。「把它交給我。」

茫然之餘，我把硬幣放進他掌心。

「口袋，」史坦輕聲說：「再一次。」

我拿出第二枚金幣。接著第三枚和第四枚。每取出一枚，就有另一枚再冒出來。過沒多久，金幣就從史坦的手中滿出來掉到地上。他彎下腰，伸手撫摸著閃閃發亮的金幣堆。

我朝店門口走去。「好吧，嗯，這真的很好玩，而你顯然很忙，所以呢，如果你告訴我該怎麼脫掉這件褲子，我會立刻離開。」

「你不能走！」史坦說著，依舊用那堆金幣扮演著「守財奴」的角色。「只要穿著『拿不落褲』就不行。」

「『拿不落褲』？那是什麼意思？」

史坦瞥了我一眼，慢慢漾起微笑。「亡靈褲。」

我臉色發白。我看過很多描述犯罪的影集，知道「亡靈」是「死人」的意思。「只是要釐清一下，『拿不落褲』的意思是『死人的褲子』？」我用力吞嚥口水。「這件褲子會殺了我嗎？」

「不會。你弄錯了。」

我心裡滿是鬆口氣的感覺。「剛才有那麼一下子，我以為……」

「『拿不落褲』是用一個死人的皮膚做的。」

我用雙手緊緊摀住嘴巴，免得嘔吐出來。

「這種亡靈褲在我的家族流傳了好幾代，」史坦繼續說：「這些褲子是我的祖先製作的，是一位擅長施展黑暗魔法的偉大巫師。紙上的標誌是威力強大的魔咒，用死者的鮮血寫成。那個魔咒……會製造金幣。永不停歇。」

「那就把紙拿走啊！」我大叫。「我不想要。」

「笨蛋！」史坦突然跳起來。「魔咒得要留在口袋裡。只有死者的男性子孫自願穿上，而且用自己的手把褲子服服貼貼穿到身上，魔咒才會啟動。」

「男性子孫？」我的內心湧起一陣恐懼。「你剛才說，這是……？」

「用你祖先的人皮做成的，沒錯。」

「啊啊啊！」我拚命扒抓身上的褲子。我不想把我的曾祖父或任何其他人穿在身上啊。可是褲子連一點損傷也沒有。

史坦眼神發亮。「阿米爾・法德蘭，我注意你很久了。我一直等待機會，要把這件褲子交給你。」

我想起自己房間窗外的黑影，差點再次嘔吐出來。「貝利茲恩在哪裡？你到底……？」

叮咚！

店門口掛的鈴鐺發出聲響。「阿米爾？貝利茲恩？有誰在嗎？」有個聲音問道。「哇呼，我可以隨便搶劫這家店，沒有人會知道吧。」

我倒抽一口氣。亞利思。

亞利思・菲耶羅是流性人，也是瓦爾哈拉旅館的英靈戰士，而且與莎米拉是同父異母的手足。這時候，他的聲音聽起來像男生……而且有點生氣。

「你認識這個人。」史坦對我說，他的語氣像是一番陳述，而不是提問。「如果你很看重他們的性命，你就會保持安靜。我也懂得施展黑暗魔法。」他對我投來警告的眼神，然後重新擺出討人喜歡的表情，匆匆出去店裡。「午安。我可以提供什麼協助嗎？」

透過簾幕，我稍微看得到亞利思。他穿著很吸睛的粉紅色加綠色服裝，頭髮染成綠色；他在「貝利茲恩嚴選」店裡看起來比我自在多了。但是他沒有看到我，我也不敢吸引他注意。史坦顯然有很多令人驚訝的低級伎倆。

「你是誰？」亞利思問：「貝利茲在哪裡？」

「我是史坦。侏儒回他的公寓，去拿一些必備的流行服飾存貨。」

亞利思用一隻手肘撐在櫃台上。「史坦，是吧？嗯，史坦，我正在找一個傢伙，他來這裡買一套服裝，要穿去參加一場結婚五十週年派對。他長得高大、結實、很有魅力，身上稍微帶點炸豆泥球的味道。

他有沒有來過？」

「我沒看過那樣的人。」

「嗯，也許我來幫他挑點衣服好了。見鬼了，我可能也要幫自己挑個幾件。」

「不行，我們現在要打烊了。日安。」史坦走到店門口，幫亞利思打開門。

「嘖嘖，夥伴，慢點慢點！我先打電話給他的未婚妻。」亞利思拿出他的手機，按下一個號碼。

這時響起一陣模糊的手機鈴聲，從我的牛仔褲裡面傳來，褲子放在更衣室的長椅上……是代表亞利思的鈴聲。他打的是我的手機。不過我如果接了電話，史坦可能會施展魔咒，對象是……

「喔哦，按錯號碼。」亞利思切斷電話，再次撥號。「莎米拉嗎？是啊，我在貝利茲的店裡。有個名叫史坦的傢伙說，侏儒不在這裡，阿米爾也沒有來過。他不肯賣我半件衣服，因為他們要打烊了，差不多像是要，立刻關門。」

亞利思聆聽了一會兒，接著笑起來。「喔，絕對要帶那個，那麼等你見到他，就可以讓他有那個。」

亞利思指的「那個」到底是什麼啊？我好想知道。

亞利思掛斷電話。「她很不高興喔。」

「你現在要離開了吧。」

「好，好啦。」

亞利思離開櫃台，踏著悠閒的步伐走到店外。史坦鎖上店門，回到試衣間。他沒有事先警告就抓住我的手臂，扭轉到我背後。我的肩膀爆出劇烈疼痛。

「該走了。」

「走去哪裡？」

「我的小乖乖，不需要擔心那個啦，」史坦說：「因為你現在只要這樣就好……當我的小乖乖。」

不管跟他一起去哪裡，似乎都是非常非常糟糕的主意。而另一方面，拖延戰術似乎是絕佳的方案。「等一下！金幣怎麼辦？我們……呃，你啊，難道不該帶著金幣？」

史坦笑起來。「拿不落褲會供應得很充足。源源不絕。」

「我不能至少套回自己的牛仔褲嗎？那可以套在……亡靈褲的外面。」光是說出這個詞，我就差點把午餐全部吐出來。「可以遮住它，不讓偷偷打探消息的人看到。」

「誰會打探消息啊？」史坦嘲笑著說。

「海姆達爾啊。」守衛的名字突然浮現我的腦海。透過無遠弗屆的目光，他可以查看到九個世界發生的騷動……只要他沒盯著自己的平板手機的話。「我和他有特殊的連結關係。他甚至跟我一起自拍過。」

史坦停下來，思索一番。「好吧。」他放開我的手臂。「但是別想做什麼蠢事。」

我自然而然就想做蠢事。我沒有套上自己的牛仔褲，反而拿起最靠近的武器，就是我左腳的運動鞋，然後揮向他的腦袋。

只見如同閃電一般的快速動作，史坦用一隻手抓住我的運動鞋，再以另一隻手重新抓著我的手臂。「一隻鞋？」他怒吼著：「誰會丟一隻鞋啊？拜託喔！」他推著我穿過簾幕，接著猛然停步。

莎米站在店裡的正中央，手中握著燦亮的光矛，身穿整套的鐵鍊盔甲，綠色的穆斯林頭巾外面佩戴頭盔，看起來超級危險。要不是我們的宗教明文禁止，我一定會親吻她。

「放開他。」莎米的聲音散發出女武神的力量。「阿米爾是我的。」我滿心驕傲。感覺我們可以聯手接受整個世界的挑戰，而且……

「再也不是了，」史坦吼著：「既然他穿了『拿不落褲』，他就注定是我的。」

喔。

莎米看起來困惑了一下。我無可奈何地指著我的褲子。她點點頭，說：「嗯，那我們就得要解放他囉！」

我聽見背後傳來咻的一聲。史坦整個人僵直身子，放開我的手臂，好像拋開一顆燒燙燙的馬鈴薯。我轉過身，發現亞利思像拿著狗繩那樣手持黃金勒繩的一端，另一端則緊緊纏住史坦，把他的兩條手臂固定在身體兩側。史坦咒罵出一連串的粗話。

「喔，塞條襪子到那裡面啦。」莎米抓了一雙菱格紋襪子，塞進史坦的嘴巴。

這時亞利思盯著我的雙腿。「褲子不錯喔。」

「嗯，不見得吧。」我把這身裝扮的噁心事實告訴他們。

「超噁的。」亞利思說。

「還不只是這樣。」我給他們看那張寫了魔咒的紙。

莎米滿臉厭惡。「黑暗魔法。我討厭黑暗魔法。不過呢，『光明』魔法……」她用自己長矛的尖端碰觸那張紙，只見紙張變成一團血紅色的煙，消失於無形。「光明魔法遲早用得上。」

史坦發出模糊的怒吼聲。

「喂，阿米爾，」亞利思指著亡靈褲，「來把它剝掉吧。」

「亞利思！」莎米大叫，滿臉通紅。

亞利思翻個白眼。「我是指脫掉啦……顯然是在後面房間囉。」他補上一句，這時莎米的臉色變成更深的紅色調。「這個，你拿著史坦的狗繩。」

他把勒繩的末端交給莎米，接過她的長矛，然後跟著我走進更衣室。他對著那堆金幣挑挑眉毛，然後轉身看我。「不要動。」

「你到底要……喂！」

矛尖快速撥了三下，但太近了感覺好恐怖，總之亞利思把褲子從我腿上割下來。我想是光明魔法的威力再次勝過黑暗魔法。割裂的褲子粉碎成一堆死人皮膚，慢慢瓦解成煙塵。

「呼。這可不是每天都會見到的事。」亞利思說。接著他瞥見我的拳擊短褲，做了個鬼臉。「那個也是。」他把我的牛仔褲丟過來，然後轉身背對我，讓我有點隱私穿好衣服。

「你是怎麼知道的……我是指史坦？」我問。

「好幾件事啦。」亞利思回答。「他提到貝利茲恩時，稱呼他『侏儒』，還宣稱你沒來過。如果知道你有多怕莎米……」

「我才沒有！」

「……我是覺得，你不太可能會錯過這種瘋狂購物的機會啦。所以呢，我測試他的說法，打你的電話。我聽到代表我的手機鈴聲，就知道你來這裡的部分他說了謊。不過最明顯的線索是什麼呢？他連一件衣服都不肯賣給我。我的意思是說，拜託，」他指著自己的粉紅色喀什米爾毛衣背心和萊姆綠色的緊身褲，「只要是真正的服飾店員，從我走進店裡的那一刻起，他都會看見錢的符號吧。」他用玫瑰色的鞋子輕輕踢動那些金幣。「可是我想，不管需要多少錢，他早就有了。」

「而且源源不絕啊。」我渾身發抖。「他打算把我當成他專屬的私人提款機。永無止境。」

「老哥。」亞利思伸手放在我肩上以示安慰。「那感覺爛死了。」

「如果你們兩個男生弄好了，」莎米叫道：「我想打電話給貝利茲恩，確定他沒事。我也會跟奧丁商量一下。他會知道該怎麼處置這個討厭鬼。」

「等一下。」我從地板上撈起那些金幣。「我想要帶這些去『雀斯屋』。」我對亞利思說，那指的是我們的朋友馬格努斯為無家可歸的孩子設置的居所。「無名氏給孩子們的捐款。只有這個除外。」我把一枚金幣放在收銀機旁邊的櫃台上，接著抓了深藍色的長褲、粉紅色的絲質襯衫，以及與之搭配的佩斯利花紋圖案背心。莎米拉幫我選領帶。

「我還是覺得我穿那套藍色晚禮服很潮。」我一邊將採購的商品裝袋，一邊對莎米拉說。

「喔，阿米爾。」莎米拉笑得好甜，她靠過來，害我的心怦怦跳。

「如果你再一次穿上那個，」她輕聲說：「我會活生生剝了你的皮。」

尼德威阿爾

侏儒之鄉

我這點小小的光，願令其閃耀

文／貝利茲恩

我每天行程表的第一個項目，就是去我在尼德威阿爾的公寓拿存貨。而不在行程表上的項目呢？是逃離一個憤怒的侏儒，他可是坐著噴射推進輪椅啊。於是我還在這裡，與小伊特里一起奔跑穿越家鄉世界的黑暗街道。他是我的老敵人（我真的是在說他「很老」，那傢伙只差一步就要變成化石了），對我窮追不捨。他顯然還是餘怒未消，因為我最近在一場手工製品比賽打敗他，也因為我獲勝的手段是破壞他的手工製品。無論如何，他這個輸家真是超煩的。

「我快要追到你了！」他氣喘吁吁地說：「我快要……啊啊啊！」

小伊的尖叫聲混雜著開快車輪椅的吱嘎聲。他從我的旁邊疾駛而過，快到看不清楚，只見他緊抓著輪椅的扶手，彷彿性命完全維繫其上。或許也真的是如此，因為他似乎失去控制了。更正一下說法：他肯定絕對失控了。

轟！小伊迎頭撞進一間沒有燈火的鐵工廠。他的輪椅向後彈飛而翻覆，輪子繼續轉動，噴射引擎讓泥土四散飛濺。小伊看起來暈頭轉向，但是沒受傷。許多侏儒從四面八方跑過來。

這暗示我該離開了。我還需要從公寓拿一些東西，但我不能去那裡。假如小伊又對我窮追不捨，那裡會是他第一個跑去找的地方。他如果找到我，很可能會……嗯，這樣說好了，滿心想要報仇的侏儒通常會先破門再說，絕對不會問問題，更何況我又沒穿鐵鍊盔甲背心。

我從一條巷子衝向另一條，迂迴穿越迷宮一般的不熟悉街道。跑到某處，我臉朝下摔進一個泥巴坑，身上的薰衣草色大衣就此全毀。等到終於能停下來喘口氣，我發現自己所在的尼德威阿爾區域是以前從沒來過的地方。這裡讓我想起波士頓市中心的某個區域，我總是警告馬格努斯避開那裡。

我拉緊衣領，開始步行。想要問路回到我家那邊根本想都別想。我在路上沒遇到幾個侏儒，他們要不是避免眼神接觸，就是以無禮的態度嘲笑我身上沾滿泥巴的大衣。說句公道話，就算大衣乾淨無瑕，他們仍會擺出嘲弄的態度。侏儒啊，連一點時尚品味都沒有。

我來到一間沒有窗戶的酒吧，裡面隱約傳來砰砰聲和叮咚聲。如果要避難，這裡不會是最好的選擇，但總比在街上漫無目的亂晃要好多了。我鑽進店裡。

即使以尼德威阿爾的標準來看，店裡的燈光也很昏暗，只有一整排小鋼珠機器是例外。這裡混雜了垂直式的彈珠台和投幣式的口香糖販賣機，它們閃爍著耀眼俗麗的燈光，與黑色木料和紅色格子的裝潢風格顯得格格不入。看到那些遊戲機，讓我回想起痛苦的記憶，曾經與我有關的某個人……希望永遠不要再有關聯的某個人。接著氣味出現了……在吧台找位置坐下時，我耗費了全部的意志力才沒有用裝飾手帕摀住鼻子。

酒保站在遠處那端，把一個黃銅大杯子的內部擦得晶亮。我舉起一根手指吸引他注意。

「嗨，夥伴，不曉得你能不能告訴我，從這裡要去肯寧廣場，應該怎麼走？」

他朝大杯子裡面吐口水，然後用骯髒的破布繼續擦拭。「玩玩，喝酒，不然就滾出去。」

「玩玩？喔，你是指小鋼珠。其實呢，我的賭性不太堅強。」

「玩玩，喝酒，不然就滾出去。」

「我的酒量也不太好耶。」

「玩玩，喝酒，不然就……」

大門砰的一聲打開，有個侏儒走進來，一臉不高興的樣子。我的一顆心直往下沉。他是小伊的手下。

我從凳子滑下去。「你知道嗎？我想我會玩玩。」我匆匆走向擠在角落的一台遊戲機，投入一枚硬幣。

機台的面板陷入黑暗。「這是怎樣……？」

一名身高極矮但看似強壯的侏儒從暗影中冒出來。機器的電源線在他手中擺盪。

「你欠我二十五分錢。」我氣呼呼地說。

矮小肌肉男走得更近，板著一張臉，作勢威脅我的上腹部。「有人想要見你。」他說。

我的目光轉向吧台，小伊的親信正在那裡質問酒保。「如果是那個傢伙，我可沒興趣。」

魁梧的侏儒目光灼灼地瞪著我，接著踹開機器旁邊的一道密門，踏進那裡面。「在後面。快點。」

我本來想拒絕，但這時聽到酒保說：「是啊，他在這裡。好了，玩，喝酒，不然就滾出去。」

「好啦。去後面。趕快。」我匆匆走進門口。門在我背後發出輕輕的喀噠一聲後關上。

後面的房間也像酒吧一樣昏暗。有一張巨大的橡木桌占據了大半空間，這張桌子雕刻得很漂亮，顯然獨一無二。在桌子後面有一張手工打造的皮椅，裝飾了黃銅鉚釘，椅子背對著我。

「呃，哈囉？」我鼓起勇氣說：「你想要見我嗎？」

椅子以令人心焦的速度慢慢轉過來。我憋住呼吸，等著見到坐在椅子上的人。椅子是空的。

「哈哈，非常幽默。你唬到我了，不管你是什麼人。」

側邊的牆壁傳來咯咯笑聲。一道光突然閃耀射出，照亮一個巨大的魚缸。然而魚缸裡沒有魚，只有一顆留著鬍鬚的斷頭在水中上下浮動，旁邊有個塑膠藏寶箱。

我咕噥一聲。「密米爾。我早該知道才對。」

密米爾，他是一名古代天神，是我的前老闆，以前也曾有一副身軀。後來他企圖欺騙華納神族的成員。他透過優柔寡斷的天神海尼爾散播智慧的建言，讓大家認為他是智者。華納神族發現受騙上當，於是決定將密米爾斬首。他的頸部以上存活下來，這都要感謝奧丁的魔法，以及「世界之樹」尤克特拉希爾的根部有個智慧之井的井水。你去那裡還是經常可以找到他，他對前來懇求的人們提出智慧之言，藉以換得他們奴役般的效命。我曾有幾年的時間擔任他的奴僕（說來話長啊），但即使現在是自由之身，他有時候還是會在其他水裡現身，通常都會讓我的生活悲慘兮兮。

那顆頭在水面載浮載沉。「嗨，貝利茲，」密米爾說：「好久不見。拉張椅子坐吧。我們有事情要討論，所以我才會帶你來這裡。」

「帶我來這裡？你是什麼意思？」

密米爾笑出好多氣泡。「用輪椅來點蓄意干擾，用魔法對特定巷子來點操控，乒鈴乓啷，你就來了。那麼，坐下吧，仔細聽好。」

我挺直自己足足有一百六十公分高的身子。「奧丁赦免我，我不用再服侍你了，記得吧？」

密米爾氣得在水裡翻滾攪動。「對啦，對啦，對啦。重點是，如果聽到我要告訴你的事，你還不採取行動，全部的世界都會陷入大麻煩啦。好，有沒有興趣聽聽我要對你說的事？」

我氣呼呼坐到那張皮椅上。為什麼找我呢？「我在聽啦。」

「很好。你有沒有聽過一個侏儒名叫阿爾維斯？」

「沒有。」

「卑鄙的傢伙。總之，他正密謀要殺了索爾，因為阿爾維斯本來要和索爾的女兒斯露德結婚，不過索爾在最後關頭改變心意，反倒把那個傢伙變成石頭。有人用一點水把阿爾維斯治好，所以他現在恢復正常，而且氣炸了。當他發現索爾正要慢跑穿越九個世界，準備跑向尼德威阿爾……」

「索爾要慢跑穿越……？」我舉起一隻手。「算了。不愧是索爾。我早該知道，幹嘛要問。」

「就像我剛才說的，阿爾維斯正在計畫要報仇。」密米爾往下漂向那個藏寶箱，用下巴壓住按鈕，把它打開。裡面彈出一張卡片，他用牙齒咬住，帶回水面，然後交給我。

我小心翼翼從他的牙齒之間取出卡片。那是一張尼德威阿爾的塑膠薄片地圖。

「有看見上面的『X』嗎？」密米爾問。「我的消息來源說，那是阿爾維斯準備發動攻擊的地方。去那裡。阻止他。我估計你要花兩個小時想出計畫來拯救雷神。」

「我？拯救索爾？」我以嘲弄的語氣說：「他可以照顧自己吧！」

密米爾把嘴裡的水噴出來。「你沒搞清楚！你必須完成這項任務，而且不能讓索爾發現他曾經身歷險境。那表示要與雷神零接觸。你甚至不能大聲叫他的名字。如果他發現阿爾維斯的事，很有可能會大抓狂，把所有的侏儒全部炸掉……轟！」

我還來不及進一步提出問題，例如他的消息來源為什麼不能自己把阿爾維斯解決掉，這時密米爾用牙齒猛力拉動水槽底部的塞子，他被吸進洩水孔裡面，徒留我拿著一張不斷滴水的地圖，完全搞不懂該怎麼做。況且小鋼珠機器還吃掉我的二十五分錢。

最後，我安全回到自己的公寓，多虧那個嬌小的侏儒硬漢幫忙指路。到了屋內，我仔細研究地圖。我認出那個標示「X」的地點，是一道陡峭的山壁，可以俯瞰一條河流，我曾經和好兄弟希爾斯東一起從那裡掉下去。我們曾用密米爾的智慧之井洗滌自己，因此一開始非聽命於他不可。

得知了X地點，對整個情況是一大利多。而往壞的一面想，若要阻止阿爾維斯……撇開殺了他或害他殘廢（我可不打算那樣做，我在尼德威阿爾已經樹立夠多敵人了），我能想到的唯一方法，就是複製索爾的做法，把阿爾維斯變成石頭。那麼等到索爾脫離危險，我只要用一點新鮮的自來水，就能讓阿爾維斯恢復原狀。

只有一個難題：變成石頭需要陽光，那是尼德威阿爾所欠缺的。

好吧，有兩個難題：如果陽光照到我，我也會變成雕像。衣著體面的雕像，不過還是……

我在公寓裡來回踱步。幫自己弄點東西吃。再繼續踱步。查看一下時間。驚慌失措。再繼續踱步。

「陽光。我要去哪裡弄到陽光啊？」

我環顧整個房間，尋找靈感。我拿起一隻「擴充鴨」，那是我用手工打造的金屬小雕像，它打敗敵人的方法是膨脹成驚人的尺寸，把敵人全部壓扁。可是呢，這能夠解決我面對阿爾維斯的難題嗎？我想是不行。

我手上拿著鴨子，目光落在希爾斯東的日曬機上。我的精靈好友來找我時，他會躺在那裡面曬曬模擬的陽光，讓自己保持健康。我看著鴨子，再看看日曬機，然後又回頭看鴨子。突然間，我腦袋裡的輪子開始轆轆轉動。

「如果我打造一具縮小版的日曬機，」我對鴨子說：「不過加強光線，於是等我把它打開，射出來的就不是柔和溫暖的光線，而是強大集中的日光束呢？那樣行得通喔，對吧？」我讓鴨子點點頭，然後動手開始忙。

四十五分鐘後，我打造出希爾斯東日曬機的手提式完美複製品。打開蚌殼時（不能照到我的臉），射出一道燦亮的強烈日光。我很快把它啪的一聲闔上。「在尼德威阿爾可能不會大賣，」我坦承：「不過，希望它會發揮功效。」

沒有時間可以浪費了，我從衣櫥挑了一套很有型的忍者服裝，包括貼身的深色牛仔褲，黑色的喀什米爾羊毛兜帽上衣，前面有口袋可以放迷你日曬機……然後匆匆跑向河邊。我讓自己藏身於陰影裡。

然而，不知道是阿爾維斯爽約，還是密米爾的消息來源出了錯，因為沒有其他人來這裡，不管是憤怒的侏儒或慢跑的天神，到處都沒看到他們的蹤影。

或者是我自以為如此。

窸窸窣窣。

尼德威阿爾是地下世界，頭頂上有圓頂狀的洞穴天花板取代了天空。那種窸窣聲從我上方傳來。我抬頭看，發現有個侏儒緊緊攀住一根鐘乳石。有條繩索的一端綁在他的腰際，另一端則綁在他面前遠處的另一根鐘乳石上，位於索爾可能慢跑經過的街道正上方。阿爾維斯的腰帶還塞了一根棍棒，看起來比他更粗大。

你即使不是天才，也看得出他的計謀應該是：像鐘擺一樣向下擺盪，拿棍棒對著索爾迎頭敲下。

這表示我的計畫碰到兩個意想不到的問題。第一，我不確定自己的日光束能夠射多遠。光線還沒射到天花板上的阿爾維斯，尼德威阿爾的黑暗就有可能吞沒光線。我必須等到他擺盪下來，那也表示光線要射中移動的目標。問題二號，假設我把侏儒變成石頭，我必須確定他會從索爾的旁邊或頭頂上掠過，而不會撞到索爾。

接著又出現了第三個問題。地面開始搖晃，發出有節奏的咚咚聲響，這表示我沒時間了。

「索爾。」阿爾維斯以憤怒的語氣嘶聲說著，聲音在洞穴牆壁之間迴盪。

我拿出迷你日曬機，心臟砰砰狂跳。腳步聲愈來愈近了。遠方的轉彎處響起索爾的轟隆聲響。看到他了，他的緊身皮短褲害我差點想要轉而支持阿爾維斯。

「滾，滾，滾滾滾。滾，滾，滾滾滾。」索爾以嘹亮的單調聲音喃喃唸著。

我的眼睛緊盯著阿爾維斯，身子蹲低。索爾更靠近了。我匆匆喘了幾口氣，提振自己的精神。然後……

「嘿喲！」阿爾維斯發出勝利的呼聲，放開了鐘乳石。同一時間，我縱身衝向索爾的路徑。我撲過去，翻滾一圈，就在他快要踩到我而絆倒的一瞬間，我驚恐瞥見天神身穿皮衣的身軀。

「滾。滾。滾滾……哇！」

索爾向前撲倒，而就在這一刻，阿爾維斯從頭頂上飛過，甩向圍籬而去。侏儒的棍棒咻的一聲揮過空蕩蕩的天空。索爾站直身子，繼續往前跑。「滾。滾。滾滾滾……」

我打破了「零接觸」的指令，但雷神似乎沒注意到我的存在，所以沒有造成損害。至於殺手侏儒呢……

「不——！」

阿爾維斯瘋狂揮動棍棒，到達擺盪的最高點，開始一邊尖叫（絕不誇張）一邊往回擺盪。我打開迷你日曬機。

咻！阿爾維斯的尖叫聲硬生生消失。在我的注視下，變成石頭的侏儒通過我面前。

我很了解變成石頭的感覺。超討厭的。所以等到阿爾維斯下一次擺盪經過時，我超想割斷他的繩子，讓他掉進河裡恢復原狀。但我還來不及出手，繩索綁住的鐘乳石就斷了。阿爾維斯的衝力帶著他飛出峭壁邊緣。嘩的一聲，他掉進下方的河水裡。

「喔哦。」我低頭向下探看，接著輕蔑地揮一揮手。「啊，他不會有事啦。」

「貝利茲恩！」小伊突然現身。他拄著火箭動力拐杖，與大批朋友一起走向我。「男孩們，拿下他！」

「哈！小伊，吃我光線！」我釋放出迷你日曬機的力量。

可惜射出來的不是「把你變成石頭」的雷射光束，只有軟弱的光芒籠罩著小伊，很像一張柔軟的毯子。沒電了。他全身形成一層薄薄的外殼。完全沒有瞬間石化的戲劇化過程，不過還是令人大吃一驚，其他侏儒看了全部呆掉。

而這也讓我開始思考他們眼中的我。一個侏儒，親手打造武器，用來把其他侏儒變成石頭？一點都不酷。

「你們聽好！」我大喊：「我爭執的對象是小伊，不是你們。等他解除硬殼，再告訴他我想和他談談。」

我把迷你日曬機放到地上，給他們看我的雙手空無一物，同時慢慢向後退。

這一定會是氣場很強大的一刻，如果我沒有向後退到掉下懸崖、落進河裡的話。在我拚命掙扎、穿越洶湧的河水游向岸邊時，有三件事突然浮現我的腦海。第一，小伊永遠不會、絕對不會原諒我。第二，我的喀什米爾羊毛兜帽上衣就這樣毀了。而第三……密米爾欠我太多了，遠遠超過那二十五分錢。

亞爾夫海姆

精靈之國

說到巨怪嘛……

文／希爾斯東

「準備好要來下一個了嗎？」

我以讀唇語的方式讀著湯傑的問題，然後點點頭。他從桌子對面把一張識字卡推過來，上面有一句手寫的罵人粗話，然後以開心的期待眼神看著我。

我微微笑了一下，敞開心扉，專注於手中的「達格茲」盧恩石。魔法流過我身上，就像流水湧過礫石遍布的溪流。石頭微微發熱，而我以手語比劃那句罵人粗話。我感覺到空氣中有聲音的振動，接著湯傑向後倒在他的床上，笑到全身顫動。

我看了他一眼，用手語比出一句話：振作一下。

「好啦。抱歉。」湯傑嘻嘻笑著。「只是呢……聽到空中飄盪著罵人的粗話，每次都害我笑到崩潰。」

我從來沒聽過說話的聲音。我也幾乎不曾發出聲音，頂多偶爾發出猛然吸氣的聲響。可是呢，溝通從來都不是問題。我最要好的朋友，貝利茲恩、馬格努斯和莎米，他們都懂精靈手語，所以我們交談起來很簡單。需要的時候，他們會幫我翻譯。

可是現在呢，我花比較多時間待在瓦爾哈拉旅館。很多英靈戰士不懂手語，或者似乎對於學習手語不大感興趣（只有湯傑例外，他覺得需要學習更多罵人的粗話，才能跟上半生人和瑪洛莉的水準）。貝利茲、馬格努斯和莎米沒辦法一直在旁邊擔任翻譯，而我又超討厭把自己說的話寫下來給別人看，因為種種原因啦。

所以，我想出另一種溝通方式：運用「達格茲」的盧恩魔法，這個符號的意思是全新的開始和轉換，將我的手語轉換成口說的話語。

我兩手的指尖全部併攏，然後彼此碰觸，表示「再來」的意思。

湯傑點頭，把另一張卡片推過來。我才剛敞開心扉，這時他突然打斷我的注意力，輕拍我的腿，指著我手腕上配帶的纖細金色手環，問：「那個為什麼那樣？」

手環是英格送的禮物，她是可愛的密林女妖，是生活在樹林裡的生物，長了一條牛尾，有一點點魔法力量。在亞爾夫海姆，英格曾經在我家服務。說得更準確一點，其實是像奴隸一樣。一逮到機會，我就放她自由，不要她再服務了。為了回報，她用自己的髮絲編成這條手環。她曾向我解釋，她和手環之間有魔法的連結。如果我有麻煩，手環會發送訊號給她。同樣的，如果手環閃耀光芒，我就知道她需要協助。

手環正在閃爍著亮光。

我嚇得跳起來，將盧恩石「達格茲」塞回口袋裡。湯傑抓住我的手臂。「希爾斯！一切都還好嗎？」

我搖搖頭，掙脫他的手。湯傑理應得到更多的說明，但是沒時間了。我必須趕去亞爾夫海姆。

我抓起我的盧恩石袋子，奔過走廊，跑向馬格努斯的房間。房間裡有個天井，直接通往「世界之樹」一尤克特拉希爾。我跳上樹枝，爬向通往我家鄉世界最近的入口。溜進去之前，最後看到的一幕是湯傑以困惑的眼神抬頭看著我。

接著，我就漂浮穿越家鄉世界的強烈陽光。下方遠處是雜草叢生的礫石堆，那裡曾是我童年的家園。我強迫自己改變方向遠離那裡，並不是因為我對那裡的敗壞狀況感到遺憾（原因正好相反，那個地方只會召喚出不快樂的回憶），主要是因為我知道英格在其他地方。無論在哪裡，她都碰到麻煩了。手環以激烈的閃光充分傳達出這一點。我擔心有人把她抓走了，就像以前在我家一樣變成奴隸。

我降落在一片完美無瑕的草地上，是一處風景如畫的公園。樹木成蔭，鴨子悠遊於池塘，樹籬修剪整齊……我周圍的一切都完美到驚人的地步，亞爾夫海姆大多數的事物都像這樣。我踹起一塊草皮，只是為了要留下一點瑕疵，然後便動身去找英格。

可是有個問題：亞爾夫海姆幅員遼闊。像我家大宅那樣的富裕房產，彼此都相隔了好幾公里的開放綠色空間。較小的住宅組成乾淨整齊的社區，一排又一排延伸到肉眼看不見的遠處。如果挨家挨戶去問，可能要花好幾個星期才能找到英格的下落，而就算我找到正確的房屋，主人家也不太可能承認她在那裡。

於是，我根據經驗做了猜測，穿越公園，走向最富裕的社區。我認為自己採取的是正確的途徑，因為手環的光芒開始閃動得愈來愈快。為了確認，我改變行進方向。手環停止閃動。等我回到原本的路徑上，微弱的光芒又開始閃動。我稍做了個勝利握拳手勢，連忙加快腳步。

手環帶領我前往一棟潔白發亮的宅邸，周圍環繞著茂盛的花園、修剪整齊的草皮，以及一道晶亮的大理石牆壁，牆頭插了許多閃閃發亮的玻璃碎片。可惜有個警衛亭設置於巨大的鐵門外，所以不可能以攀爬的方式越過那道牆。同樣也不可能找到其他方法偷溜進去，因為呢，我站在那裡思考對策時，兩名警衛看到我了。他們是我的舊識，精靈警察「野花」和「太陽黑子」。只是認識而已，我的意思是他們並非朋友。

警察為何要巡邏這棟宅邸呢？我滿心疑惑。接著，我發現他們穿著相當樸素的制服，帶的警棍也很細瘦。他們不再是警察了，而是私人保全。我上一次看到太陽黑子和野花時，當時我父親派出一大群狂野的水妖對付他們，可能因此害他們失去了警徽吧。再度回到亞爾夫海姆，光是看到這一幕就值得了。

我採取直截了當的做法，走向鐵門，彷彿有著充分的理由來到這裡。兩名警衛認出我時，眼睛睜得好大，我看出他們眼裡帶著一絲恐懼，不禁覺得心滿意足。太陽黑子衝進警衛亭。在此同時，野花拿起一具擴音器，移向嘴巴。他正在對我吼叫，這是我猜的，畢竟擴音器擋住他的嘴巴，我又沒辦法聽見他說了什麼。而且沒錯，他知道我有聽力障礙的問題。他用擴音器與聾人溝通，光憑這點，你就能對他這個人稍微有點了解。

我沒有停下腳步，而是從袋子裡拿出「蓋伯」，代表「禮物」的盧恩文字，將它拋出高高的弧線丟向野花。石頭彈到他的額頭時，他整個人畏縮一下。接著，他眨眨眼，挺直身子，把擴音器遞給我。

我把擴音器夾在手臂底下，用指尖碰觸下巴的手語表示「謝謝你」，然後走過他旁邊，前往鐵門。太陽黑子還在警衛亭裡，可能在租來的警察鞋子裡瑟瑟發抖吧。我拿著盧恩石「拉格司」壓在門鎖上。我必定是對它額外施加了一點魔法力量，只見整個鑄鐵大門，不只是門鎖，全部都變成液態，在地上形成一灘熔融的金屬。

哎呀。都是我的錯。

走向宅邸的半路上，我伸手取出盧恩石「達格茲」。我準備用擴音器把我的「手語轉語音」魔法擴音放大，藉此假裝成巨人，把失蹤已久的英格接回去。

這個計畫破局了，因為地面開始震動。等我轉頭看向背後，發現造成震動的來源時，我的腦中閃過湯傑的罵人粗話。

太陽黑子一定是去搬救兵了。那是巨大又駭人的巨怪（我實在不懂，亞爾夫海姆怎麼可能允許這麼醜陋的生物待在這裡，更別提雇用他們了）。保護性的防曬裝備蓋住他身上的每一寸肌膚，裝備上也有同一間保全公司的標誌。他即使穿著骯髒的白色連身衣褲，我都看得出他有巨大的胸肌和同樣健壯的雙腿。而透過套在兜帽上遮住臉的有色塑膠防護罩，我也看得出他有泛黃的牙齒和充血的雙眼。他手上厚厚的手套略微彎曲，彷彿很渴望抓住我的脖子，用力掐緊。

巨怪像隻憤怒的犀牛衝向我。一隻速度相對慢的憤怒犀牛，但是差不了多少。

我放下擴音器，從我的袋子裡抓出具有保護效果的盧恩石「阿吉茲」。我胡亂後退幾步，猛力將石頭扔向巨怪那雙碩大的工作靴。一道閃爍發亮的能量護盾向上彈起。巨怪像碰碰車一樣往後彈開，肉肉的屁股重重落地。地面猛烈震動，害我差點跌倒。

他倒在地上的時間沒很久，接著大吼一聲，力道非常驚人，連我都能感受到聲音的震動。他揮拳打穿護盾，再度朝我而來。

我用盡自己所有的一切攻擊他。「意沙」，代表冰的盧恩文字，把宅邸的紅磚步道轉變成滑冰場，拖慢巨怪的速度。他重重踏下靴子，把腳底下的冰和紅磚全都踩得粉粹。我把「烏魯茲」扔到他的上方，一隻非常驚人的公牛掉到他頭頂上。他伸出手像撥開一塊絨布那樣把動物揮開，那隻動物飛了出去，四腳彎曲，掉進附近的池塘。我使用「哈格拉茲」盧恩石，產生葡萄柚大小的冰雹來痛毆他；接著我召喚出盧恩文字「肯納茲」，用火焰噴燒他。但他依然繼續挺進。

用了這麼多種盧恩文字後，我累得快虛脫了。我繞過屋子轉角，衝向附近一叢玫瑰後面躲起來，稍微喘口氣。玫瑰多刺，但很有掩護效果，讓我有時間努力回想巨怪的弱點。

但我的腦筋一片空白。我蹲在灌叢後面，等待巨怪殺了我，而就在這時，父親以前罵我的一些名稱在我的心中反覆迴盪。遜咖。羞羞臉。蠢蛋。

我正要陷入危機、墜入滿心羞恥的漩渦之時，突然間靈光乍現。名稱。要對付巨怪，最好的武器是得知他真正的名字。那就像是密碼，只要大聲說出名字，便能破解巨怪的天生防禦力，也就是他的厚皮、更厚的頭骨，以及可怕的口臭。

好吧，我心想。那麼，如何讓他把自己的名字告訴我呢？主動詢問絕對行不通。就算他懂手語，我猜他也不會笨到回答我的問題。然後，我想起自己身在何處，不是在玫瑰灌叢後面，而是在亞爾夫海姆。

精靈很喜歡對別人展現自己的優越感，我父親就把這種能力磨練到非常犀利又尖銳。也許生活在這裡的巨怪也是如此。如果我能激發他開始自吹自擂，說不定他會說溜嘴，透露出自己的名字。

我摸摸英格的手環激勵自己，然後從灌叢後面跳出去。巨怪轟隆衝來，伸展雙臂，戴手套的手指伸向我的脖子。我猛揮自己的雙手，作勢投降。我的心臟重重猛跳兩下，然後看到他放下肥厚的拳頭。

「這是什麼詭計？」他吼道。

我假裝一臉困惑的樣子，指著自己的兩邊耳朵，然後搖頭。

巨怪冷笑一聲。「喔，對耶。聾子精靈很會施展魔法。我聽說過你的事。阿德曼先生的小搗蛋，對吧？」

透過讀唇語和一點猜測，我能夠了解他說的要點，不過我皺起眉頭，裝出一頭霧水的樣子。

巨怪在我身邊兜圈子，依然抱持戒心。他的目光射向我的盧恩石袋子。他從我手中抓走袋子，動作快得令人措手不及。「哈！這下子你又聾又無能為力了！」他嘻嘻笑，在我碰不到的地方搖晃袋子。

我配合做出畏縮的樣子，但繼續盯著他的嘴唇。

「喔，好耶！」他把袋子塞進自己的腰帶裡。「誰能光用兩根大拇指就打敗強大的希爾斯東呢？」他舉起兩根大拇指比著自己。「這個巨怪！而現在呢，這個巨怪打算來找點樂子。」

他重新擺出充滿憐憫的表情，向前彎下身子，雙手抵著膝蓋，直視我的眼睛。「我要假裝很猶豫要不要殺了你。首先，我要得到你的信賴。」他摘下一朵玫瑰，以鼓勵的態度拿給我。

我裝出滿心期盼的模樣，接過那朵花。

巨怪露出微笑，拍拍我的頭。「那不是很棒嗎？更棒的是我要怎麼殺了你。」他模仿打開螺旋瓶蓋的動作，喝光裡面的東西。「我要從你的脖子扭斷你的頭，然後把你全身的鮮血喝光光。好喝，好好喝啊。」他咂咂嘴，假裝拿著瓶子要我喝一口。

我面露微笑，有點猶豫，但還是作勢接過來，模仿大口喝下的動作。可是呢，我內心覺得自己快死了。假裝從你的斷頭身體喝下自己的血，就是有這種效果。

「而你知道我接下來有什麼打算嗎？」巨怪繼續說：「我會在你的頭插上一根竿子，把它固定在我的背心上，這樣一來，每個人都會知道，我呢，雄壯的希格斯古納，打敗了鼎鼎大名、擅長施展魔法的聾子精靈！」

我差點就露出馬腳，不只因為巨怪說溜了嘴，洩露出他的名字。大致翻譯的話，「希格斯古納」這名字的意思是「乳酪屁股」。你自己試試看啊，讀這個詞的唇語，而且忍住不笑出來。

我努力忍住笑，伸出一隻手到口袋裡，緊緊抓住盧恩文字「達格茲」。至於另一隻手，我指著自己，然後指向打開的鐵門，表示……「我可以走嗎？」

「你想要離開？喔，可以，當然可以。趁著你背對著我的時候殺了你，我一點都不介意喔。」他做出驅趕的動作，催我趕快走。

我的心怦怦跳，朝出口走了幾步。我根本沒有想要離開，只是想要比較靠近擴音器。

盧恩石「達格茲」在我的掌心溫熱起來。就是現在，機不可失。我轉過身面對巨怪，瞪大雙眼，指著他背後的某個東西。這是課本上最老套的詭計，而他中計了。

我以一連串流暢的動作，抓起擴音器，按下按鈕，將達格茲拋入空中，然後用連珠砲般的手語比劃出巨怪的名字。

乳酪屁股猛然轉身，整張臉因為突如其來的恐懼而扭曲。由於有人說出他的名字，他知道自己現在變弱了。「誰……誰說的？」

「希格斯古納！」

我放下擴音器，用兩隻大拇指戳戳自己。接著，我衝向前去，抓住我的盧恩石袋子。盧恩石「提瓦茲」，就是代表戰神提爾的盧恩文字跳進我的掌心。我用「提瓦茲」把玫瑰轉變成一根滿是尖刺的棍棒，用力揮向他的膝蓋撂倒他。揮第二下，就把他打得不省人事。

這下子，野花和太陽黑子發現再也不能躲在乳酪屁股的背後，於是從警衛亭跑出來，手上握著警棍。但是面對我的盧恩石袋子和尖刺棍棒的雙重威脅，他們再度跑回鐵門，然後跑出門外，消失於起伏的丘陵間。

我的手環閃爍著亮光。

英格。

我爬上宅邸的前門台階，用尖刺棍棒敲打大門。

屋內一定早就有人看見外面的動靜。大門打開了，有人把英格推出來，然後大門再度轟的一聲關上。英格跳進我的懷抱。

一陣子之後，我脫身而出，比劃手語：「你好嗎？」

她點頭，以手語回應：「你超棒的。他們很可怕。他們……」

她突然呆立不動，以驚駭的表情看著我背後。大地搖撼。巨怪已經醒了嗎？我猛然轉身，把英格推到我背後躲著。

接著我鬆了口氣。巨怪仍然躺在我撂倒他的地方。震動有其他的來源，不過來源同樣超煩的：索爾。

「哈囉，精靈先生，密林女妖小姐！」他一邊慢跑一邊喊著。

「嗨，索爾，」我比劃手語說：「短褲很帥喔。」

索爾停下腳步，指著他的耳塞式耳機。「抱歉，我正在聽滾石！也許你該用擴音器。」

或者我只要比劃得大聲一點就行了。

「全身運動之外，再加點二頭肌彎舉？」索爾舉起他的巨鎚，邁歐尼爾。「精靈先生，這個建議值得一試喔！好了，再見！」

索爾宛如雷鳴一般轟隆離開。

通常呢，我會盡可能快速離開亞爾夫海姆。但這一次，我不介意留下來久一點。也許是因為施展「達格茲」魔法或單獨打敗巨怪，讓我產生很大的成就感。

不過我想，英格的滿臉笑容也是個誘因吧。

約頓海姆

巨人之國

我的八年級物理課眞的派上用場

文／莎米拉．阿巴斯

「莎米拉，我想，你知道我為何召喚你來這裡吧。」奧丁背靠著他的辦公椅，以期待的眼神打量我。

我努力逼自己不要緊張扭動。「呃，如果是關於剛才接引英靈戰士期間，我不小心按到你的電話號碼的事，我可以解釋。你看喔，她掙扎得好厲害，而我的手機放在背後的口袋裡，然後……」

奧丁舉起一隻手，要我別說話。「坦白說，無意中聽到你掙扎的聲音，實在讓人……心神不寧啊。那些咕噥聲和咒罵聲也太誇張了。」讓我回想起以前跟貝爾．吉羅斯❶一起舉辦的生存訓練研討會。附帶一提，那人不是真正的熊。不過我離題了。」他的身子向前倚靠辦公桌。

「我有一件新工作要交給你。」

一陣興奮激動從我的脊椎往上竄。自從成為奧丁手下負責特殊任務的女武神之後，我曾經執行過好幾個危險任務。下個任務顯然也很有挑戰性，這點毋庸置疑。

「奧丁陛下，無論是什麼樣的工作，」我回答的語氣很熱切，「我是你的女武神。」

他以滿意的神情點點頭。「太好了。」他打開一個資料夾，把一張畫質很粗的照片放在桌面上，推過來給我。「告訴我，你對那個有什麼看法？」

我仔細端詳那張照片。「那是一顆蛋。」

他的手翻動一下，鼓勵我繼續說。

「一顆紅色的蛋。在巢裡。」

❶貝爾．吉羅斯（Bear Grylls）是英國探險節目主持人，他的名字「Bear」的字意是熊。

「完全正確。但那不是個普通的蛋。」他拿起遙控器，按下一個按鈕。鈕。有個投影螢幕從天花板降下來，天花板以長矛強化結構，螢幕固定在那上面。

他按下另一個按鈕。螢幕上閃過一個個畫面，包括狼、巨人、天螢幕上閃過一個個畫面，包括狼、巨人、天神和武器。接著是一個標題：「諸神黃昏的預兆：如果你了解就死定了，不了解也死定了。」

我暗自叫苦。剛成為女武神的時候，我也看過奧丁的教學影片。後來我去林格維島，就是石南花之島，幫忙把可怕的殺手「巨狼芬里爾」重新綁好，那之後看了第二次。接著，我無意中幫助我父親洛基那個邪惡卑鄙的騙徒逃出他的牢籠，那之後又看了一次。至於洛基再次束手就擒之後呢？對啦，得再看一遍。

不過這次我大大鬆口氣，因為奧丁把初期徵兆那部分快轉過去，包括他摯愛的兒子巴爾德之死、足足有三年時間降下無盡冰雪的「芬布爾之冬❷」，以及狼群吞下太陽和月亮等等。到了三隻公雞的畫面，他按下暫停鍵。

「所有的消息來源都指出，諸神的黃昏有個預兆是這些公雞開始啼叫。」他用一支雷射光筆，依序圈起每一隻公雞，逐一辨認。「古林肯比，牠會在阿斯嘉這裡孵出來。法亞拉，牠的蛋位於約頓海姆。還有無名雞，赫爾海姆未來的惡鳥。」

我試探性地舉起手。「抱歉，長官，只是想確認一下……公雞的名字是『無名雞』？」

「牠沒有名字，所以我叫牠『無名雞』。」

「喔。」

奧丁站起來，在房間裡踱步。「我最近對九個世界仔細瀏覽一次，可以確認古林肯比和無名雞都還是蛋的型態，這樣很好……非常好，

❷芬布爾之冬（Fimbulwinter）出自北歐神話，是世界末日「諸神的黃昏」的其中一個預兆，會出現三段漫長的嚴寒冬天。

因為牠們還在蛋殼裡，就不可能預告諸神的黃昏。」他那雙藍眼睛的銳利眼神飄向我。「我擔心的是第三顆蛋。」

我拿起照片。「法亞拉的蛋。位於約頓海姆。」

「那張照片是三個月前拍的，拍的人是……嗯，你不需要知道。但現在呢，大地巨人施展他們的扭曲變形魔法，遮住我看巢的視線。我想，他們要對我隱藏某些事。你要去的地方就是那裡。」

我的心興奮狂跳。奧丁要派我去約頓海姆對付巨人！我跳起來，召喚出我的光矛。它散發出期待的光芒。「長官，我不會讓你失望！我會好好對付那些巨人，還有他們卑鄙無恥的魔法！」

「啊。不是的。」奧丁遞給我一具「女武神影像」隨身攝影機。「我需要你去幫那顆蛋拍下新照片，這樣我才知道它有沒有開始孵化。」

我的長矛變得黯淡。「喔。」

他的一邊眉毛挑了挑。「這是很重要的工作。可能充滿危險。」

「喔，當然，」我表示同意，「去一個巢裡，幫一顆蛋拍張照片，會是……很明顯嘛。那我上路了。」

「想要的話就騎馬去吧。不過你需要謹慎一點。我不希望巨人知道你去過那裡。而且，莎米拉，記住這項警告：你的魔法穆斯林頭巾到約頓海姆就沒有用了。在他們的地盤上，巨人可以看穿那種魔法。」

我的穆斯林頭巾能夠掩護我和另一個人，以前用頭巾蓋在身上躲避敵人還滿方便的。但這次就不行了，似乎是這樣。

我點頭表示理解，然後帶著照片和隨身攝影機離開。

幾分鐘後，我騎著一匹由霧氣構成的馬，飛越大地巨人的領土。我以前來過約頓海姆的一些地方，於是運用熟悉的地標確認方位，例如一片傾頹的廢墟，以前有某個超惡劣的巨人家族住在那裡。如果在那個區域沒有看到半顆蛋或半個巢，我再繼續拓展自己的搜尋範圍。

最後，我看到那個巢了，位於一座山頂上，周圍環繞著森林。它符合奧丁給我看過的照片，編織的材料包括樹葉、枝條、青草，以及我真的不希望是人類毛髮的東西……但是親眼見到時，我覺得它大多了，約莫有游泳池那麼大。而那個巢的碗狀部分非常深。如果蛋在裡面，我也看不見。

我輕推馬兒往下飛，在遠處一塊空地下了馬。馬兒看了那片樹林一眼，突然咻的一下飛回空中。

我不怪她。那片樹林令人不寒而慄，難以言喻，樹木既漆黑又多瘤，樹枝上更糾纏著粗韌的藤蔓。我路過一條藤蔓環圈，它在風中擺盪，讓我不禁回想起以前看過一本講述約頓海姆的老舊圖畫書，書裡提過森林的名字：絞刑架木。我渾身發抖，繼續往山上走。

「莎米，鎮定一點。」我斥責自己。「它們只是……喔，什麼鬼赫爾海姆啦！」我邊罵邊快速蹲下。

有個巨人從山丘的遠方山坡走來。

他像摩天大樓一樣高，深色上衣和褲子底下的肌肉隆起，髮線後退的斑白頭髮修剪得緊貼頭皮。有趣的是，他的腰帶掛著一把金色豎琴，而不是武器。

我十指交握暗自祈禱，希望他只是路過。不過他卻像母雞一樣安坐在巢上，把豎琴小心塞在自己身邊。

「彈奏！」他命令著，豎琴立刻彈撥一個音。巨人清清喉嚨，唱起歌來。

我是艾格瑟，
蛋的守護者。
假如你敢靠近我，
我會打斷你的腿。

我的嘴巴變得好乾。巨人看到我了嗎？

把你兩眼都挖出，
外加痛揍你喉嚨。

將你擠乾成一杯，
做成冰涼血啤酒。

儘管歌詞很恐怖，我卻鬆了一口氣。艾格瑟歌曲裡的「你」似乎不是針對我，希望如此。

不過我還是很傷腦筋。只要絞刑架木森林的吟遊詩人坐在蛋上，我就沒辦法拍到照片啊。艾格瑟的可怕副歌在我耳裡響起：「痛毆，打傷，揍扁，揮擊／重捶踹踢直到你躺平。」我默默退回森林裡，考慮著各種選項。一、我可以回到瓦爾哈拉，向奧丁說明我為什麼失敗。二、我可以請艾格瑟擺個姿勢和蛋一起合照。三、我可以嘗試痛擊艾格瑟，趁他能痛擊我之前。

我比較傾向於選項二，這時艾格瑟唱完了，開始打呼。我冒著風險偷看一眼。他很快睡著了，下巴抵住胸口，嘴巴滴出一連串口水。可惜他仍坐在蛋上。那麼就得排除選項三，因為我現在固然可以輕鬆痛擊他，但沒辦法把他的身子從巢上搬開。我很強壯，但沒那麼強壯。

接著，我的目光落在那把豎琴上。看見它，讓我回想起一個古老的童話故事「傑克與魔豆」。那個故事的巨人有一架金色豎琴，也能自己彈奏。傑克偷走豎琴時，豎琴大聲彈奏，藉此警告巨人（因此我一直都超討厭豎琴）。我敢打賭，艾格瑟的豎琴也會做同樣的事。

我擬定一個計畫。

我攀爬藤蔓偷溜上去，用繩索綁住豎琴，帶著它飛走。我的雲霧馬會很適合進行這部分，但我自己也可以短距離飛行。豎琴會大聲嗚唱（希望會啦），於是巨人醒過來，追著豎琴跑（可能會吧），然後我就丟下豎琴，繞回去，拍下蛋的照片，趕緊溜回阿斯嘉。

令人驚訝的是，每一件事都按照我的計畫進行……直到踢到鐵板為止。問題出在哪？黃金豎琴很重，可以說是非常非常重。我拉動繩索要把它抬起時，它根本文風不動。幸好它也沒有彈奏，我只察覺到一點昏昏欲睡的嗡嗡聲。我視之為好兆頭，就是如果……等到我一拖動它，它就會鳴唱警告吧。

我撤退回絞刑架木森林，仔細思考這個問題。

你也知道，你總覺得在學校外面絕對用不到數學和科學，對吧？嗯，結果八年級的物理課教過用繩索移動重物，讓我反敗為勝。基本上，用繩索的一端綁住重物，另一端固定在不會動的物體上，然後拉動繩索的中心點，就可以移動重物了。

我的藤蔓繩索有一端已經套住豎琴，另一端則綁在山腳下一棵粗大的樹上。接著，我把穆斯林頭巾綁在腰上，像是套在馬上的挽具，再與繩索的中心點綁在一起，接著我向後退，直到繩索形成繃緊的V字形。根據物理學所說，如果我用力拉動，豎琴就會移動。

「姑且一試吧。」我嘀咕著說。

我面對V字形，於是可以隨時注意豎琴和巨人的狀況。接著，我讓自己的挽具猛力往後拉扯，很像拔河隊向後仰的姿勢。我的雙腿抵著地面出力，肌肉繃緊。

豎琴微微搖晃，發出令人毛骨悚然的輕彈聲，然後移回原位。

我嘴裡咒罵著，再試一次，結果我腳一滑，摔倒在地。我揉一揉尾椎，很快對自己加油打氣一番。

「加油，阿巴斯！你辦得到！你可以……」

我打氣到一半停下來。有某種東西到山上來了，是巨大、粗野且快速的東西，正穿著屁股繃緊的皮短褲，直接朝我而來。

「索爾！」我瘋狂大喊：「停下來！不然至少繞過去啊！」

他沒聽到我說的話。

我瘋狂摸索穆斯林頭巾上的繩結。趕在索爾高速撞上之前的一瞬間，繩結鬆開了。我順手把頭巾塞回腦後，然後往旁邊撲過去。他的腳勾到繩索，但是腳步沒有慢下來。

砰！

繩索繃得好緊，「砰」的一聲把樹木拔出地面，很像香檳的瓶塞「砰」的一聲彈出來。同一時間，豎琴也從巢裡彈飛出去。

「哇，行得通耶。」我說。

如同我的期望，豎琴的琴弦開始撥彈出瘋狂的警告聲。索爾把豎琴拖在背後一路彈跳，將艾格瑟拋到腦後，於是豎琴彈奏的音量漸次增強。艾格瑟醒來了。

「喂！」他大喊：「那是我的耶！」

他跳起來，動身追趕。

我飛入空中，確定巨人的注意力真的放在雷神身上，而不是我。從我的優勢位置看來，眼前的景象實在超詭異：索爾氣喘吁吁一路跑去，樹木和豎琴在他的背後一蹦一跳，艾格瑟則是試圖抓住空中的樂器，同時怒吼著各種威脅話語。

如果你很想親自瞧瞧這番場景，不要客氣喔，請點選我「不小心」拍下的女武神影像片段。

確定艾格瑟不會造成妨礙了，我跑去查看那顆蛋。亮紅色的蛋殼連一條裂縫也沒有。我不是鳥類專家，但我心想，這表示法亞拉不會隨時很快就孵化。我突然好想帶著它飛回阿斯嘉，就可以近距離觀察這隻預告未來的世界末日公雞了。

可是我也知道，這樣做根本沒差。根據預言，法亞拉會在約頓海姆孵化出來，而牠總有一天會高聲啼叫，諸神的黃昏就此降臨。

於是，我執行自己奉派的任務。

「來，笑一個！」

奧丁

貝利茲恩

希爾斯東

莎米拉

湯傑

瑪洛莉

半生人

亞利思

阿斯嘉

尼德威阿爾

亞爾夫海姆

約頓海姆

赫爾海姆

尼福爾海姆

華納海姆

穆斯貝爾海姆

赫爾海姆

死亡之神赫爾掌管的冥界

乖狗狗

文／湯瑪斯・小傑佛遜（湯傑）

「我以前說過了，我還要再說一次。」碰的一聲，我往後倒在十九樓交誼廳的扁塌沙發上，拍拍自己的肚皮。「聖塔皮奧披薩店很值得偷溜出去。」

我伸手再拿一塊。

「嗯哼。你吃很多了。」瑪洛莉蓋上披薩盒的盒蓋，站了起來。「我要拿剩下這些給半生人。他已經躲在自己房裡一整天，誰知道在幹嘛。可能忘了吃東西，那個大頭呆。待會兒見。」

我懶洋洋地對她揮手，然後在沙發上伸展身子，心滿意足地嘆口氣，我信賴的步槍和骨鋼刺刀都在身邊。壁爐裡火光閃耀，暖意像柔軟的毯子裏住我全身。我的眼皮愈來愈沉重，漸漸打起瞌睡，如同我母親以前說的，墜入夢鄉。

至少，我以為自己墜入的是夢鄉。可是眼前荒涼的岩石地帶、刺骨的溼氣、風勢帶來的低聲呻吟……似乎都太過真實，不像是夢。真實，而且令人驚駭。不知為何，我進入了另一個世界。我以前曾聽說過，睡覺前吃披薩會作惡夢，但我覺得那應該沒辦法把一個人運送到其他地方去。

接著我聽到一陣叫喊聲。

「準備通過！」

我連忙轉身，看見索爾朝我衝來，像是一部煞不住的火車頭。他的兩隻手臂前後揮動，皮革熱褲捲起而露出太陽沒曬到的地方……不管是不是作夢，我都沒有蠢到傻傻擋在路上。他衝過我身邊時，我連忙往後跳，接著甚至必須急急忙忙退得更遠，免得他背後彈跳的東西打到我。

有一棵樹……還有，那是「豎琴」嗎？綁在一條長長的繩索上，連接到他的腳踝，我到很靠近的時候才辨認出來。

「嗯，」我喃喃說著：「真的有這種事喔。」

我看著索爾曲折穿越這片貧瘠土地，旁邊有一座高聳的鋸齒狀露岩。突然間，傳來一陣尖銳的吠叫聲。一隻巨大的獵犬從懸崖頂部的洞穴冒出來，位於索爾上方遠處。那隻狗簡直像麥克貨車那麼巨大，黑色的毛皮點綴著紅色斑點。牠正低頭凝視著渾然不覺的天神和綁著「玩具」的繩索，張開嘴哈哈喘氣，狗臉彷彿露出微笑。牠再次吠叫（滿心喜悅，我覺得啦），隨即拔腿追逐索爾和那棵樹。牠沿著陡峭的斜坡狂奔而下，紅色斑點從身上飄落。

我突然明白那些紅色斑點到底是什麼了。是鮮血，獵犬的口鼻、毛皮和腳掌都染了血。

我的腦袋猛然認清這件事，同時索爾率先消失於遠處，接著那隻獵犬也失去蹤影。

我跌跌撞撞往回走，找到最近的一塊石頭重重坐下。

「加姆，」我自言自語大聲地說：「赫爾海姆的看門犬。而且他是……」

「你父親的殺手。」

一名女子附在我耳邊說話。我驟然轉身。眼前出現萬花筒一般的繽紛色彩，旋轉又扭曲。等到視線漸漸清晰，我再也不是站在荒蕪貧瘠的月球表面，而是身在廣闊的大廳裡，旁邊有個王座，以燒成炭黑色的木材製作而成。灰色的布幔從天花板垂掛到晶亮的黑色大理石地板上。有許多風格詭異的青銅雕像，身軀扭曲成痛苦、悲傷和驚駭的姿勢，排列於一道牆邊。還有更多雕像排列在對面的牆邊，但那些雕像的表現方式則傳達出喜悅、愛與幽默。我選擇看著那一側。

有個身穿兜帽貂皮大衣的人影出現在王座上。女子的聲音再度說起話來。「英靈戰士，你不是在作夢，而是看到一幅景象。你是心在這裡，不是身在這裡，而且呈現的是我選擇讓你看見的近期事件。」她把兜帽往後推，面露微笑。

「喔，」我說：「赫爾。」

在美國南北戰爭期間，我見識過自己的恐懼。食腐性鳥類撕扯著腐爛的屍骸。缺腿士兵的失神眼睛瞪著天空。泡水浮腫的遺體漂浮在汙濁發臭的池塘裡。

赫爾的右臉讓那一切都相形失色。發黑的牙齒，蒙著白內障的眼睛，滿是凹痕的頭骨，耳洞大張。就連左臉的美貌（那可是能讓你徹底呆掉的美貌）都無法彌補另一半宛如食屍鬼的恐怖。

她骨瘦如柴的手指輕彈一下，大廳遠端一道雙扇門打開，兩個惡魔拖著一名鬼魅般的女子走到王座前，逼迫她跪下。

那名女子渾身綑著鎖鍊，抬起頭，憤怒的眼神宛如匕首般銳利，惡狠狠地瞪著赫爾。

我短促地倒抽一口氣。

那女子是我的母親……

我摯愛的母親，她唱歌哄我睡覺，身上的氣味聞起來像熱騰騰的玉米麵包和奶油。我已經有一百多年沒見過她了。

我拚命忍住眼淚。「媽。」我母親的目光沒有從赫爾身上離開，而我回想起自己的身體躺在旅館的沙發上。過了這麼久，再次看見她，但她看不見我也聽不見我……我的心都要碎了。

赫爾注意到我的反應，露出微笑。「喔，很好。你對她還有感情。」

「對誰還有感情？」我母親質問著：「你在對誰說話？」

赫爾沒理會她。「那麼，你不會希望她承受痛苦。」她對我說。

我瞪著赫爾，滿心嫌惡。「我當然不想！」

「誰要承受痛苦？」我母親大叫。

「那麼，英靈戰士，來找我，」赫爾說：「本人親自來。我有個任務，只有提爾的兒子能執行。噢，千萬不要對其他人說……否則她會付出代價。」

赫爾低下頭。兩個惡魔分別朝相反方向拉扯鎖鍊。我母親的身體痛苦抽搐，但她的目光從未離開赫爾的臉，也沒有叫出聲音。

我叫了。

我在沙發上醒來，汗水浸溼全身，尖叫聲依然留在喉嚨內，我母親受折磨的景象在我的內心之眼。

「媽，撐住啊。我馬上就來！」

我抓起自己的步槍和刺刀，沿著走廊奔跑，然後猛敲亞利思的房門。「我需要大樹通道！」我大吼。

亞利思打開房門時，我推門走過，爬上「世界之樹」的樹幹，尋找適當的樹枝帶我前往赫爾海姆。

吼吼吼！

拉塔托斯克，那隻邪惡的巨型松鼠，埋伏著等待機會。牠吼出一連串的辱罵，對我發動一輪猛攻，很像對精神方面的一連串重擊。

「你活著的時候幫不了她。現在你死了，同樣救不了她。你的朋友嘲笑你，說你老是躲在那把可笑的刺刀後面。他們覺得你很愚蠢、軟弱、無腦。」

儘管遇上這番猛攻，我仍繼續移動，但思緒沉陷得愈來愈深，最終陷入黑暗的絕望深淵。

突然間，辱罵停止了。我從枝條上的一個開口往下墜落，掉進赫爾的廣闊大廳——這一次是真實的大廳。赫爾在她的王座上，但到處都沒看見我母親和那兩個惡魔。

「我知道你找出關鍵了：拉塔托斯克引發的絕望感受可以讓人進入我的世界。」女神說：「那麼，英靈戰士，跪在我面前吧。」

我遲疑一下，接著服從這位掌管不名譽死者的女神，奉命跪下。這全是為了我母親。

她仔細端詳我。「你也知道，我的地獄之犬加姆，將在諸神的黃昏啟動之時毀滅你的父親，對吧？」

我點頭。

「身為提爾的後代，你的血脈裡流著他的血液。」

我再次點頭，心裡不禁納悶接下來會怎麼發展。

「嗯。加姆跑出去了，」她對我說：「你是提爾之子，也是唯一能找到他的人。或者說不定……」她對我露出恐怖蒼白的微笑，「他會找到你。」

「我不懂。」

「嗯，很簡單啊。我的地獄之犬會聞到提爾的鮮血，飛奔而來。」

我把手上的步槍握得更緊。「所以基本上，你要用我當誘餌。」

「比較像是活動的標靶。」赫爾修正我的說法。

「為什麼找我？」我鼓起勇氣問：「為什麼不能乾脆一點，我不知道啦，乾脆你自己用魔法把加姆抓回他的洞穴？或者派你的惡魔把他找回來？」

「加姆很……難以捉摸，」她含糊其辭地說：「他以前也曾經跑出去，而以前用魔法和惡魔想要帶他回來的嘗試，全都失敗了。」

我本來想建議她去找地獄犬專用的哨子，但考慮之後打消念頭。

「希望你不介意我問，為什麼不乾脆讓他不用回來了？」

赫爾的神情變得黯淡。「冒著讓閒話傳出去的風險，說我沒辦法掌控自己的狗嗎？不行。解決的方法只有一種。你一定要引誘他回他牠的洞穴。」

我沉下臉。「我來猜猜看。如果我拒絕，你會嚴刑拷打我母親。如果我對別人說，你叫加姆而他不回來，你會嚴刑拷打我母親。」

「噢，對啊。而且呢，湯瑪斯……湯傑，如果你認為殺了加姆就能阻止那隻獵犬殺了你父親，你最好再想想。你無法阻止命運。好了，快去吧！」

雙扇門打開了。我把步槍扛在肩上，走進不名譽死者的領土，出發去尋找一隻走失的狗。

有什麼事情是先前的影像沒有顯示的呢？就是赫爾海姆的亡者居民。我行過這片土地，他們的鬼魅形體就在我身邊打轉或擦身而過，彷彿感應到我不屬於他們死後的來世。如果我不予理會，他們大多數就此飄開。不過有個鬼魂拒絕離開，他用某種針刺般的東西一再戳我。

「夥伴，你聽好，」我厲聲說著，轉過來面對他，「我不曉得你有什麼打算，不過……」

我的聲音消失了，因為我認出一直煩我的人到底是誰：天神巴德爾。巴德爾是奧丁和弗麗嘉的兒子，曾經備受寵愛，而據說呢，他刀槍不入，所有的攻擊形式都傷不了他。但是他有一個弱點：槲寄生。洛基哄騙巴德爾的盲眼兄弟霍德爾，用槲寄生打造的飛箭殺了巴德爾……他現在也是用同一支箭猛戳我。

「呃，嗨，」我說：「不管你什麼時候認為不用再戳了，我都覺得很好喔。」

巴德爾面露微笑，而我突然明白了，所有世界為何都對他的死去感到哀痛。他年輕又英俊，有著蓬亂的深褐色頭髮、閃亮的藍眼睛，頑皮的微笑兩側各有一個迷死人的酒窩，巴德爾散發出溫暖和絕佳的幽默感。待在他旁邊讓我感到快樂。既明白又簡單。

「嗨！你是提爾的孩子，對吧？」

聽到他可以說話，我不該感到驚訝才對……畢竟我也死了，我同樣可以講得很好；但是聽到他開口，我還是差點嚇得魂飛魄散。

「抱歉一直戳你，」巴德爾繼續說：「在我們下面這裡，全身完整的訪客實在不多。我就是因為這樣才跟著你。不過發現你沒有立刻回應，我不確定你是不是真人。」

我揉揉自己疼痛的手臂。「我是真人。」

「我很高興。」巴德爾說著，展現另一種溫暖的微笑。「我老是很羨慕提爾。不是因為大家要把巨狼芬里爾綁起來的時候，提爾讓那隻惡魔犬咬著他的手，而是因為他與奧丁和索爾的相處方式。」

我點點頭表示理解。很久很久以前，提爾曾經是戰神之首。然而隨著時間過去，奧丁和索爾人氣上升，讓他逐漸邊緣化。我爸大可發動一場攻勢，奪回他的地位，但他看得很清楚，這樣的騷亂有可能引發內戰。所以，他反倒退後一步，讓奧丁和索爾繼續掌握權力。

「除此之外，」巴德爾補充說：「只有少數的天神沒有對我扔東西、測試我刀槍不入的能力，提爾是其中之一。我一直都很感激。」

「這足不足以救他一命，讓加姆不要毀滅他？」我滿懷希望地問。

巴德爾搖搖頭。「就像我無法阻止這支槲寄生箭殺了我，我也無法阻止加姆殺了你父親。」

「希望你不介意我問起，你為什麼還留著那個東西？」

巴德爾的神情有點痛苦。「我剛到這裡的時候，嘗試要擺脫這支箭。燒掉，埋掉，用石頭砸爛，故意不小心弄丟，全都沒用。它老是回到這裡重新出現。」他指著自己的胸口。「現在呢，我乾脆帶著它到處跑。握在我手裡，」他補上一句，說得更明確，「不然還滿礙事的。」

「唔，我看得出來那樣會很礙事。那麼，槲寄生的毒性還會讓你不舒服嗎？」

他以驚訝的眼神看著我。「毒性？」

「嗯，對呀。」我說著，發現他不知道，我也很驚訝。「槲寄生有毒。以前有一隻老獵犬經常在我身邊晃來晃去，聽命於我。有一天，牠吃了一點槲寄生，結果……」我講不下去。

「結果怎樣？」巴德爾焦慮問道。「那隻狗沒死，對吧？我討厭聽故事講到有狗死掉！」

「沒有，可是……」我的心思轉個不停。「一開始牠走路的樣子很好笑，流口水，然後吐了。」我轉身看他。「巴德爾，我需要你幫忙。」我對他說明加姆和索爾的事，還有我幫赫爾找狗的任務，以便拯救我母親脫離酷刑的折磨。

巴德爾搖搖頭。「提爾之子，抱歉。我很想幫你，可是赫爾絕對不允許我插手。」

「不是你，而是那個。」我指著他的箭。「如果加姆吃下去，那有可能阻止他。不是要殺他，」我很快又補上一句：「只是想要讓他不能搗蛋。」

「加姆還真的是殺不死。在這裡殺不死，在赫爾的地盤上。不過，如果他吃了槲寄生，」巴德爾說：「也許就不會想吃你！」

「大加分。」我表示同意。

一陣嘹亮的吠叫聲劃破平靜。一會兒之後，加姆跳上一座山頂。他嗅聞著空氣，將巨大的頭部轉朝我的方向。赫爾海姆之犬聞出我的氣味了。

我抓住巴德爾的箭。「你該不會剛好有一把弓吧？」

「抱歉。剛用光。」

「好吧。那麼，來個限時專送吧。」我用一隻手抓著自己的步槍，另一隻手抓著箭。「祝我好運！」

「我不行！赫爾不准！」

就像以前在南北戰爭的時候，我沒有等待叛亂軍強尼發動攻擊，現在此刻我也沒有等待加姆發動攻擊。我奮力大吼一聲，全速衝向那隻獵犬。

加姆高聲狂吠，猛撲過來。他張開染血的血盆大口，讓我對他的狗狗懸雍垂來個近距離的個人獨享視角。我衝向他，想要把槲寄生塞進他嘴裡，但還來不及嘗試，他就猛力咬緊血盆大口，差點把我的手咬斷。

接著，我在瓦爾哈拉旅館接受的戰鬥訓練迅速派上用場。趁他還能再咬一口之前，我倏地轉身，然後用我的刺刀刺向他的背部。他吼叫的響亮程度足以喚醒死者。我拔出骨鋼刺刀，迅速跑開尋找掩蔽，這時他轉身繞圈，企圖舔舐傷口。

我看到一條溝渠，連忙跳進去，讓自己的身子緊貼側壁，盤算著下一次攻勢。我已經盡可能避開他猛咬的血盆大口，這時卻籠罩在一股猛烈火燙的口氣之中。我抬起頭，發現加姆正低頭對著我喘氣，他那黏溼的舌頭垂掛著，活像一條又厚又溼的毯子。

「超噁的！」眼看那舌頭準備把我捲起，我連忙往旁邊滾開。我彈跳起來，爬出溝渠，助跑一陣再跳上加姆的頸部……結果立刻從他渾身浸血的毛皮滑落下來，從另一側掉到地上。不過我用那支箭攻擊他，他一定很不舒服，只見他一屁股坐下，拚命用後爪猛抓頸部。

在此同時，我跑過原野，躲在一塊兩層樓高的巨岩後面，審視一下目前情勢。

直接攻擊失敗了。躲在溝渠裡也差點沒命。所以，也許該到高處採取有利位置了。

「好，」我大吼：「這局勝負已定。」

巨岩有一側提供把手點和踩腳點可以往上爬，我默默感謝瓦爾哈拉旅館安裝了攀岩牆。我把步槍揹上肩膀，將那支箭塞進腰帶裡，一路爬上巨岩頂端。

「喂，你這隻長太肥的哈巴狗，」我從棲身的高處大喊：「來嘗嘗美味的提爾風味大餐怎麼樣啊？好嗎？你想吃一點我嗎？」

加姆停止抓搔，開始怒吼。他跑過來，繞著巨岩轉圈。他嘗試爬上來，但腳爪找不到著力點。

「看來你今天晚上要挨餓了！」我嬉笑怒罵一陣。

加姆挫折大吼。接著，他的雙眼盯著我，向後退開，蹲坐下來。我也蹲坐在巨岩上，趁機把那支箭從腰帶取出來。接著，我等待機會到來。

沒有等太久。加姆發出嘹亮的嚎叫聲，猛衝過來。到達巨岩時，他猛力一蹬，健壯的後腿推著他從巨岩側邊飛起，直直朝我而來，腳爪伸出，大口張開。

到了最後一刻，我側身讓開。接著我憤怒狂叫，將那支箭直接刺入加姆的咽喉，並立刻空手抽出，免得遭到他的牙齒猛力咬碎。我的攻擊害他失去了平衡，撲通一聲跌落在巨岩頂端。他四腳亂扒想要站起，我則跳到地面上，像什麼鬼赫爾海姆一樣跑回最初看到他的地方，我猜他的洞穴就在那個岩石露頭上。

剛開始，加姆全速衝刺追逐我。我保持在前方一步的距離，再配上詭計多端的曲折前進，這番花招我可是在瓦爾哈拉的戰場上鑽研了好幾世紀之久啊。實在是超幸運的。

然而，獵犬慢慢落到後面去了。我冒險回頭看了一眼。加姆口吐白沫，看來槲寄生的毒性發揮作用了。等我們到達他的洞穴時，他腳步搖晃，唉叫得一塌糊塗。我有點為他感到難過。

等到他嘔吐出來時，所有的同情心全部煙消雲散。謝天謝地沒有濺到我身上，但氣味實在非常、非常噁心啊。加姆踩著蹣跚的步伐進入他的洞穴，倒在滿是咬碎骨頭的狗狗床鋪上，開始打呼。

這時巴德爾閒晃進來。他沒理會嘔吐物，逕自扳開狗嘴，奮力伸手到喉嚨裡面，拔出他的箭。

「這樣一來，我可以趁明天醒來之前洗乾淨，讓它從我的胸口刺穿出來。」他解釋說。

他正想說些別的事。但無論他想說什麼，我都沒聽到，因為赫爾選在這個時刻把我送回瓦爾哈拉。至於她是否會遵守諾言，放我母親一馬，我就無從得知了。

那天晚上我得知答案。掌管死亡的女神來夢中找我。「提爾之子，任務執行得很棒，」她說：「你的母親很安全。我甚至准許你不時去探望她。」

這時，我內心湧起激烈的情緒……對於我母親遭受的待遇忿忿不平，也對於終有一天能夠再次見到她而興高采烈。興高采烈勝出。

「我很期待，」我說：「也很高興你的狗回家了，雖然他注定要殺死我爸。不過現在呢，拜託幫我一個忙。」我翻過身，拉起蓋被。「回去那個鬼赫爾海姆吧。」

尼福爾海姆

冰、霜與霧的國度

你自己也一樣啦！

文／瑪洛莉・基恩

「龍的鱗片。」

站在十九樓走廊的地板上，手上拿著裝了半塊披薩的盒子，我盯著半生人・岡德森。他的房門只打開一條縫。「你是當真的嗎？你是要告訴我，你要去華納海姆拿龍的鱗片？」我問：「直接從龍的身上拔下來，真的嗎？」

「我正在進行一個小計畫，需要用到那個。」沒穿上衣的狂戰士避開我的目光。膽小鬼。

我打算推門進去，然而我斷續交往的這位男友踩著巨大的鞋子抵住門縫，讓我們之間的關係再次陷入危機，瀕臨破裂。

「你就是想要那樣玩嗎？很好。」我從盒子裡拿出一片披薩，甩到他的胸口，然後氣沖沖離開。

「瑪洛莉！等一下！」

我沒有停下腳步，半生人罵了一串連珠炮般的話，然後甩上門。也許他是要去找房門的鑰匙，打算跟過來吧。嗯，我再也不想要見到他，或是他那黏了披薩的胸口。於是我繞過自己的房間，隨便拉開一道門，偷偷走進去，在背後轟的一聲關上門。

然後我完完全全呆住了。

「噢，芬布爾之冬啊。」

瓦爾哈拉旅館有無數的房門都沒有標示，多半是通往旅館其他區域的捷徑，少數則是通往其他世界。我的運氣居然這麼好，一跨出去剛好是尼福爾海姆，冰霜無盡的大地，還有很多霜巨人。運氣更好的是，一陣暴風雪正在我的周圍瘋狂肆虐。我一邊咒罵，一邊從口袋裡拿出一小塊正方形的布。這是貝利茲恩親手縫製的，可以展開變成附有兜帽的愛斯基摩厚大衣，而且還灌輸了盧恩魔法「肯納茲」（代表火），這點要感謝希爾斯東。自從千里跋涉跑去尼福爾海姆幫忙阻止洛基之後（說來話長啊），我覺得一定要隨身攜帶這個。窩在它的溫暖懷抱裡，我轉過身，摸索著門把。

結果沒有門把，也沒有門。我反而發現自己看著一道一、兩公里高的堅冰高牆。

「這是冰河嗎？你一定是開我玩笑吧。」

我在冰霜表面摩擦出一個圓形，窺探冰河裡面，看到的是……更多的冰。我猛捶冰面，再拿我的兩把匕首刺刺看，然後踹個幾下、尖叫罵個幾聲。我忙得汗流浹背，但就算瓦爾哈拉旅館真的在另一側，我也無法用剛才出來的方法回去那邊了。

我將兩把匕首插回刀鞘內，伸出一隻手放在冰河上，開始行走，憑著手指感受冰牆上有沒有門板、門把、窗戶之類的東西。接著高牆結束了，快要凍僵的手指陷進一團巨大的雪堆。

內心的沮喪愈來愈高漲，我把雙手插進口袋裡，轉身往回看。冰河是我和旅館之間僅存的連結，我可不希望看不到它。才剛走幾步，突然聽見遠處傳來隱約的咚咚聲。我停下腳步，咚咚聲變得愈來愈響亮，而且變近了。

霜巨人。

這種可能性衝擊著我，活像是一團雪球砸中我的臉。根據過去的經驗，我知道有些霜巨人很友善，但我擔心的不是那種霜巨人。有個孤獨的身影穿透強勁的雪勢，隱約映入眼簾。我的第一個念頭是：「穿那種超短的短褲，他怎麼可能不凍僵啊？」我的第二個念頭則是：「快跳！」

我跳向側邊，只見索爾踩著重重的步伐通過。

「喂！等一下！」我舉步跟在他後面，但立刻滑行幾步停下來。索爾放了個屁，活像是啟動噴射引擎。一團超臭的氣體籠罩著我。

「阿斯嘉的天神啊！」我伸手在臉前猛揮一陣。「他的體內到底累積了什麼死東西啊？」

我開始咳嗽，眼睛刺痛，差點無法判斷眼前到底是什麼狀況。有沒有聽過「就像熱熱的刀子切過奶油」[3]這樣的話？嗯，不妨用「屁流」取代「刀子」，再用「雪堆」取代「奶油」。索爾的臭屁融化出一條寬闊的路徑，於是步行穿越尼福爾海姆就簡單一百倍了。我想，他最後的終點會是在阿斯嘉，所以我跟在他的臭氣後面走。

可惜索爾的速度太快，我沒辦法跟上他的腳步。接著，暴風雪又填滿他走過的路徑，把路徑完全掩蓋掉了。內心的恐慌愈來愈高漲，我努力將這感覺嚥下，在刺痛皮膚的風雪中繼續挺進。

有好一陣子，我只能聽見狂風的咻咻聲和自己沉重的呼吸聲。但接著，有個新的聲音融入其中。很像是流水的聲音。我停下腳步，努力思索。水聲有可能代表河川或溪流。也許我可以跟著河道走出尼福爾海姆？既然索爾的路徑消失了，這似乎是我最好的選項。我轉一個彎，朝向聲音前去。

空氣漸漸變暖了。我加快腳步。強勁的風雪轉變成又厚又溼的雪花，形成一片濃密的灰色霧氣。我脫下愛斯基摩大衣，摺回原本的正方形，塞進口袋裡。

水流的汩汩聲也變成啵啵聲，很像水快要煮沸了。我停下腳步。也幸好我這麼做。霧氣短暫飄開，顯露出冒著蒸氣的廣闊水域，就在我的正前方。再多走個幾步，我就會跨出陡峭的堤岸邊，墜入墨黑色的水域深處。

這是什麼地方啊？我仔細思索自己對九個世界的認識，然後得到答案。「赫瓦格米爾，環繞在『世界之樹』尤克特拉希爾樹根周圍的溫泉！太好了！」

我跳了一點開心的舞蹈。如果我可以抵達尤克特拉希爾的樹根，就能爬上那棵樹，回到阿斯嘉，或者氣候比較宜人的另一個世界。

❸意指輕而易舉、易如反掌。

望穿霧氣，我只能辨認出從黑色水域伸出的是扭曲又長瘤的樹根，宛如柏樹的木瘤，只不過非常非常巨大。眼看霧氣即將籠罩樹幹、遮蔽我的視線，我趕緊檢視尤克特拉希爾朝向天空伸展的樹幹。

因此，我的尼福爾海姆出口就在那裡。然而，要抵達樹幹顯然會碰到一些問題。我的游泳技術還算不錯，但我不相信自己能夠順利游過赫瓦格米爾，過程中還沒有遭到滾燙的溫泉活生生煮熟。帶著英靈戰士的力量，我大可嘗試跳越那整片廣大的水域，但因為有霧氣，很難看出水域到哪裡結束，樹根又從哪裡開始。如果我對距離的判斷是錯的，誰知道我會掉落在哪裡？

一定有什麼方法吧，我心想。我繞著池子走，到達對面那側，看到一條彎曲起伏的樹根延伸到岸邊，很像雲霄飛車的其中一長段。上面很潮溼，長著青苔，看起來超級滑溜。不過那是我在水面上看到的唯一橋梁。

我的臉汗如雨下，雙手摸索著抓握處，一寸接著一寸爬過樹根。

感覺像是過了永恆那麼久，我終於抵達另一側，翻身滾落到潮溼肥沃的地面上。我小心穿越外側的根部，到達靠近尤克特拉希爾的一條樹根，坐下來喘口氣。

樹根抽動起來。我嚇得倒吸一口氣，連忙往後爬。在我的記憶體裡面，沒有一件事曾說尤克特拉希爾會動啊。

我靠近一點查看那條樹根。它是褐色和綠色，但是與周圍扭曲纏繞、長滿青苔的其他樹根不一樣，這樹根看起來絕對有鱗片。我的腦袋還在思索這項事實時，突然聽見咀嚼的聲音。我的一顆心往下沉。

這不是植物的樹根。這是尼德霍格的尾巴。

我急著要到尤克特拉希爾，完全忘了尼德霍格，這隻巨龍住在世界之樹的樹根處。尼德霍格成天齧咬樹根，並與棲息於樹梢的一隻大鷹互相叫囂辱罵。至於拉塔托斯克，那隻巨型的罵人松鼠，則扮演居間傳話的角色，把訊息從樹根傳到樹梢，然後再回頭跑。

唉，我自己超愛講尖酸刻薄的話，一碰到像半生人那樣的笨蛋大老粗，罵人的話隨時都會噴出來。然而像大鷹、巨龍和松鼠這樣互噴垃圾話長達數千年之久？我絕對不會讓彼此的關係失衡到這種程度。

尼德霍格的綠褐色身軀捲繞著樹木的基部。若要經由尤克特拉希爾爬出尼福爾海姆，我得先爬過尼德霍格身上。這樣的前景並沒有讓我感到很興奮，特別是看到他那雙強壯後腿的利爪。我移動位置，尋找巨龍的頭部（「永遠要搞清楚危險嘴巴的位置」是我的座右銘），然後一腳踩進一堆骨頭裡。喀啦！事實很明顯，尼德霍格不只是咀嚼尤克特拉希爾的樹根而已。

我從刀鞘裡拔出兩把匕首，想說巨龍聽到聲音會發動攻擊，然而他竟然喃喃自語起來。

「那隻鷹以為自己最厲害。嗯，我罵人的新招會酸到一個不行，他聽了會全身羽毛掉光光。好啦，我只要把新招想出來就行了。」

我心裡爆出一絲希望的火花。尼德霍格需要一句罵人的話？我有一百萬句吧。也許我們可以談個條件……一句罵扁大鷹的垃圾話，交換爬上大樹安全通行。當然啦，尼德霍格也有可能一看到我就把我殺了，但這是我想到的唯一計畫，也只能努力爭取看看了。

我把腳上勾到的一根肋骨踢開，昂首闊步繞著大樹走，一副我是這裡老大的模樣。「喂！那邊的！」

尼德霍格嚇了一大跳，不再喃喃自語。他瞪著我，巨大的黃眼睛眨呀眨，顯得很困惑。接著，他的鼻孔冒出危險的烈焰，發出一陣轟鳴聲，還露出令人敬畏的尖牙，宛如剃刀般銳利。

我的心臟抖個不停，不過仍嚥下內心的恐懼，堅持下去。

「我猜那是在嚇我囉？」我翻了個白眼，演得很認真。「我聽過更響亮的轟隆聲啦，從索爾的屁股來的。」

尼德霍格畏縮了一下，活像我用一捲報紙打中他的鼻子。「那好像不太好。」他聽起來很傷心，我都快要替他感到難過了。

不過我繼續嘲笑，嗤之以鼻。「兄弟，我罵遍了所有人。」我揮舞自己的匕首。「看見這個沒？它們很尖銳，但還沒有我的舌頭這麼尖銳。」也沒有你的尖牙那麼尖銳啦，我暗自補上這麼一句。只見巨龍稍微靠過來一點，仔細檢視我的刀刃。

「哇。那些刀子很尖耶。」尼德霍格看起來充滿敬畏的樣子。「你罵起人來，真的比那個更尖銳嗎？」

「先生，這問題實在太蠢了，我覺得你的腦袋就像奧丁的左邊眼窩一樣……空空的完全沒東西。」

尼德霍格瞇起眼睛。「哇。這番話真的很傷人耶。不過當然啦，你說得對。」他用貌似匕首的利爪敲敲自己腦袋。「我的腦袋空空的。總之，想不出罵人的話。」

這是我的好機會。我把匕首插回刀鞘，頭歪向一邊，彷彿考慮著什麼事。「你也知道，我有一些很厲害的俏皮話，要惹人生氣的話，絕對不會失手。我很樂意分享一些，但是我有什麼好處呢？」

尼德霍格搔一搔自己的肚子。「嗯，首先呢，我不會吃掉你。」他提議說。

「唔。聽我說，等我們完成交易，讓我爬上尤克特拉希爾吧。」

尼德霍格伸出一隻爪子。我以為他要把我劃破成一條條破布狀，但隨即領悟到他想要握手。我握了，動作非常小心。

「好吧，」我說：「過來一點，仔細聽好。」

尼德霍格咻的一聲低下身子，將他的耳朵貼在我的嘴巴上。

「不用這麼過來啦。」

「抱歉。」他退後。

「好。那麼從四種最厲害的回嘴開始：一、我知道你是，但我不是吧？二、我是橡皮，你是黏膠；無論你說什麼都會從我身上彈開，黏到你身上去。三、我們半斤八兩啦。還有四、你自己也一樣啦！」

尼德霍格的眼睛睜得好大，驚訝不已。「這些真是超厲害！」他一吼叫，把我的頭髮都吹到腦後去了。「咱們來試試看。」

我聳聳肩。「你這條蛇醜死了。」

尼德霍格往後退縮，臉上又出現傷心的神情。

「這種時候，你要用剛才那些話來回嘴啦。」我解釋說。

他神情一亮。「喔對吼！哈哈！」

「再試一次。你這條蛇醜死了。」

「我知道我是，但你不是吧？」他笑得很開心。

我永遠沒辦法離開這裡了，我心想。我大聲說：「我們再重新練習一次好了。」

多舉幾個例子之後，尼德霍格熟悉用法了。到了這時，我也很樂在其中，於是用鳥類為主題，幫他想了幾句嘲諷的話，可以用來對付那隻大鷹，像是：「你真是超瘋的，連布穀鳥那麼瘋的鳥都覺得你瘋了！」「連羽毛相同、臭味相投的鳥都不想跟你結隊飛行！」還有：「我聽說你吃起來像雞肉一樣沒什麼味道！」

回想起來，最後一句可能不該講吧。尼德霍格一聽到這句，肚子咕嚕咕嚕叫起來。他斜眼瞥著我，一副很餓的樣子。「那麼，呃，想留下來吃晚餐嗎？」

我裝出若無其事的樣子，悄悄離開他的嘴邊。「我很想留下，但是該回瓦爾哈拉了。那麼，我可以跨過你蜷曲的身子爬上去嗎？」

「我是橡皮，你是黏膠啦！」

我就當作他表示同意了。

手指底下感受到尤克特拉希爾的樹皮時，我從沒這麼高興過。我匆匆爬上樹幹，胡亂穿越一些樹枝，最後終於找到一個開口，通往另一個世界。我不知道究竟會通往哪裡，直到自己掉到十九樓的地板滾了一圈，剛好停在半生人的腳邊。

「瑪洛莉！」他大喊：「你這女生，我剛才到處找你啊！你真是最不顧後果、最有勇無謀的英靈戰士……」

我站起來瞪著他，接著縱身撲進他的懷抱。「喔，是嗎？」我抵著他赤裸的胸膛，喃喃說著：「嗯……我們半斤八兩啦。」

華納海姆

華納神族的居所

嗯，那眞是大驚喜

文／半生人·岡德森

有人站在我房門外的走廊上。我很緊張。等待。聆聽。

叩叩。叩。叩叩叩。

那是暗號。我打開門。「進來。快點。」

亞利思·菲耶羅繞過我旁邊，抱著一條捲起來的毛巾。我朝走廊上上下下看了看，然後關上門。我轉過身，發現亞利思正在翻白眼。

「我還是不敢相信，你居然叫我用暗號敲門。」他把毛巾遞給我，接著拍掉身上粉紅色喀什米爾羊毛背心和萊姆綠色褲子的灰塵。

我讓他看那片扁扁的披薩。「幾分鐘之前，瑪洛莉想要進來。我得確定真的是你，而不是她要回來把這地方搞得一團亂。」

「是喔，你門上的窺孔完全不能用啊。」

「喔。我忘了有那個。隨便啦。」

我帶他進入我的手工藝房間。沒錯……手工藝。比起光是找死人打架，這件事對我的意義大得多。我從最基本的東西開始……用手指作畫、通心粉雕塑、心形紙片塗上亮粉膠、釘板繞線畫、衣架活動雕塑等等，努力朝向更好的藝術品邁進。

亞利思看到我最新的計畫，整個人目瞪口呆。「老兄。好巨大啊。」

我聳聳肩。「要搞就搞大的，不然乾脆回家去，對吧？」

這個計畫是馬賽克拼貼畫，準備要送給瑪洛莉。我找來各式各樣的回收物品，包括武器碎片、來自其他世界的小石頭、玻璃碎片等等。亞利思，住在十九樓的陶藝家，帶了陶器碎片給我，這是他把不滿意的陶器作品親手扔到牆上產生的。

我展開毛巾，檢視那些碎片。「這些很完美。謝啦。現在呢，我只需要華納神族的龍鱗了。」

「為什麼是華納神族的龍？」亞利思好奇想知道。

「牠們有紅色、黃色和橘色，很適合表現戰場的火焰、鮮血和血塊。你瞧，我把瑪洛莉和我自己的第一場戰鬥描繪在一起。」

「哎喲，半生人。」亞利思輕拍我的下巴。「你好浪漫喔！」

「而且我的計畫有點落後。我想要在下個星期的戰鬥週年紀念日送給她。我得去華納海姆一趟，而且趁瑪洛莉真的打破我的房門之前趕回來。」

亞利思解下腰際的勒繩。「需要幫手嗎？」

「不了，我有這個。」我打開一個櫥櫃，裡面滿是武器，我從自己的那堆收藏品選了斧頭和盾牌。「不過呢，你可以待在這裡嗎？確定瑪洛莉不能進來。」

亞利思做了個鬼臉。「我寧可去找巨龍打架，也不想面對你氣噗噗的女朋友，不過當然好啦。我會待在這裡，等到你回來。」

「謝啦。我欠你一次。」

亞利思笑了笑。「我會找機會要你償還。」

武器穩穩固定在我的「泥巴煉獄」[4]T恤上，我好愛米德加爾特的那些障礙賽大挑戰。我信步穿越旅館的走廊，前往宴會廳的食物準備區，那裡廚房的巨型冷藏室是人可以走進去的。要前往華納海姆，最快的途徑就是經由新鮮食品。我先伸腳踏進馬鈴薯桶，踩到底部便是弗爾克范格輕緩起伏的山丘，那裡是華納神族的來世居所。

我查看一下周遭狀況。山丘上滿是氣味香甜的野花，蝴蝶在溫暖耀眼的光線中翩翩飛舞……女神弗蕾亞的力量瀰漫整片領域，她是華納海姆的統治者。在山頂上，弗蕾亞親自挑選的戰士們斜倚在毯子上，一邊笑鬧一邊喝茶。

我沉下臉。和平，蝴蝶，茶。這個世界爛死了。

---

[4] 泥巴煉獄（Tough Mudder）是一種泥巴障礙賽，由英國前特勤官員迪恩（Will Dean）創立，十幾公里的賽程包括冰水、陡坡和火焰等障礙，考驗參與者的體力、意志力和團隊精神，風靡全球。

咿咿咿咿咿咿咿咿咿咿咿！

一陣音調高亢的喇叭聲浪劃破了空氣。是戰鬥的呼喊聲！我的狂戰士直覺猛然開啟，彷彿有人啪的一聲打開開關。我縱聲狂吼，撕開身上的「泥巴煉獄」T恤，衝上山丘。

接下來迎接我的情景，與我在阿斯嘉遭遇的狀況完全不一樣。

喇叭聲浪繼續播放柔和的爵士樂。鼓刷靜靜奏出輕柔的節奏，其他樂器奏出美妙的旋律飄揚於空中，由鋼琴、單簧管和貝斯的音符交織而成。輕快的音樂從我身上流瀉而過，很像溫暖的糖漿淋到星期日早午餐的鬆餅上。

這太可怕了。我放下手中的斧頭，雙膝跪下，兩隻手用力掩住兩邊的耳朵。

「哇，兄弟！你還好嗎？」是一名黑髮女孩，她身穿比基尼上衣，腰際繫著紗籠，以關切的眼神看著我。她用手肘頂一頂同一塊毯子上的夥伴。「嘿。我想，這位老兄需要一點藥草營養品。」

「不用了！」我跌跌撞撞地站起來。「我很好。只要幫我指出『色斯靈尼爾』的方向就好，我會立刻上路。」

「你會錯過單簧管的即興獨奏喔。」她警告說。

我渾身發抖。「不，我真的不會。」

女孩聳聳肩。「這是你的損失喔。弗蕾亞的宮殿要往山下走，過了排球場。保持冷靜，咆勃爵士樂最高！」

「那是誰啊？」我急忙離開時，聽見她的朋友這樣問。

「從他的模樣看來，我會說他很像是……」她壓低聲音，以尷尬的語氣輕聲說：「波卡舞曲。」

（她沒說錯。給我一團優秀的翁巴樂隊，就能以低音銅管樂器蓋過他們每天聽的音樂了。）[5]

---

[5] 波卡舞曲（Polka）和翁巴樂隊（Oompah）都是民間流傳已久的音樂形式，暗喻半生人看起來像是鄉巴佬。

我繼續走向色斯靈尼爾，那是弗蕾亞的上下顛倒船隻／金碧輝煌宮殿，我要請求女神允許我獵取她領土上的巨龍。在宮殿裡，通往弗蕾亞王座的走道上有成排的戰士。只不過，戰士們都在吊床裡打瞌睡。弗蕾亞的王座空蕩無人。

我搖晃著一名昏昏欲睡的金髮男子，他穿著沒有扣上鈕釦的夏威夷衫、破爛的百慕達短褲，腳上套著勃肯涼鞋。「醒一醒啊。弗蕾亞在哪裡？」

那傢伙睡眼惺忪地眨眨眼。「你是誰？」

「半生人。女神在哪裡？」

「半生人。」那傢伙說著我的名字，彷彿正在試音。「那是什麼的簡稱？」

「沒有啊。」

他輕笑幾聲，滿臉驚訝。「半生人不是簡稱？太奇怪了，不會有這種名字，對吧？」他伸出一隻手。「我叫邁爾斯。而且抱歉要傳達壞消息給你，弗蕾亞目前不在這裡。不過我超級渴望幫你的忙喔。說到超級渴望啊……」他指著我凸起的二頭肌和六塊腹肌，「你那麼健美，是因為吃素嗎？」

我沒理會他，逕自問我要問的問題。「我要獵捕你們的龍，需要得到誰的允許呢？我需要牠們的一些鱗片。」

邁爾斯抓抓頭，滿臉困惑。「獵捕我們的龍？老兄，牠們睡得比我們的戰士更熟喔。我的意思是說，要叫醒牠們需要耗費相當大的功夫呢。你想要鱗片，乾脆直接走過去，拔下來就好了。」

聽到本來可能很要命的任務，突然間變成對生命沒有威脅，大多數人都會覺得鬆一口氣吧。但我不是大多數人。我寧可奮力爭取，也不希望人家隨隨便便遞給我。不過呢，我是為了龍的鱗片而來，於是把自己的失望放到一邊去。

「那麼，這些沉睡巨龍的洞穴在哪裡呢？」

「洞穴啊。」邁爾斯笑起來。「你其實不是這附近的人，對吧？」

「對啊。」感謝眾神，我暗自補上這句。

邁爾斯往兩側奮力展開雙臂，抬頭往上看。「我們的巨龍沉睡在開闊的天空下，沐浴在弗蕾亞的光芒裡。」他放下手臂。「來吧，我會帶你去。」

「不！我是說，你只要幫我指路就好了。」

「老兄，不麻煩喔。跟我來。」

我咬著牙說：「超棒的。」

邁爾斯帶我前往一個遙遠的峽谷，由柔軟的紅金色砂岩構成。「對吧！我們可以趁機更加了解彼此。」

「還是別這樣吧。」

「我先喔，」邁爾斯繼續說：「我最喜歡的花是雛菊。真該死，看到它真是超開心的！半生人，你有沒有喜歡什麼花？」

「沒有。」

「噢，哎喲，拜託。」他斜瞥了我一眼。「你一定喜歡鬱金香。每個人都喜歡鬱金香。知道為什麼嗎？」

「不知道。」

「因為如果沒有鬱金香，你就不能親吻！」他大叫一聲，猛捶我的肩膀。「懂了嗎？因為鬱金香（Tulips），聽起來很像，兩片嘴唇（two lips）？」他發出親吻聲。

我差點就對他施展狂戰士的一輪猛攻。不過我只說：「有一種植物我很欣賞。捕蠅草。」

邁爾斯熱情地點頭。「很有趣！說真的，為什麼欣賞這一種呢？」我轉身看著他。「因為它會攻擊獵物，然後再慢慢消化，讓獵物感到很痛苦。」

這讓他閉上嘴巴。

我們抵達峽谷。狂風把峽谷的一側吹襲成波浪起伏的岩架，突出於地面上方，很像遮蔭的頂蓋。底部的淺坑有四隻巨龍正在打呼，一隻金色，一隻紅色，還有兩隻是橘色，牠們的鱗片在弗蕾亞的光芒中閃閃發亮。牠們的翅膀緊貼著蛇狀身軀，還有白煙從鼻孔噗噗冒出，很像一團團棉花。

換句話說，那些巨龍對生命沒有威脅。我自己取得牠們的鱗片根本像吃蛋糕一樣簡單。

「我討厭蛋糕。」我喃喃說著，開始沿著山坡往下走。我還真幸運啊……邁爾斯也跟來了。

我們沿著下坡走到半路時，有個人影出現在峽谷邊緣的遠處，高速奔行而來。

邁爾斯瞇起眼睛。「嘿，那是索爾。而且他……哎喲！」

索爾猛衝過來，直接穿越那些巨龍。

遭到雷神踢中一腳，顯然構成非常扎實的感受。那些巨龍發出響亮的鼻息聲，醒了。一群巨龍胡亂噴氣，強有力的翅膀陣陣拍動，四龍一組飛入空中，氣呼呼地尖聲怪叫。

我衝到一塊砂岩突出物底下。

「喔，好漂亮！」邁爾斯幫眼睛遮擋陽光，指著那些龍。

「你瘋了嗎？」我大喊。「尋找掩蔽啊！」

邁爾斯輕蔑地揮揮手。「我的朋友，不需要啦。巨龍絕對不會攻擊弗爾克范格的光榮死者。那樣會毀掉這塊領土的平靜。牠們只會稍微繞飛一下，然後回去睡覺。」接著，他的臉上浮現出一絲憂慮。「當然啦，你不是弗蕾亞挑選的陣亡英靈。如果牠們飢餓難耐，然後聞到你的氣味……喔，你看。那不是每天都看得到的喔。」

「什麼？」

「噴火。」

我連忙把盾牌舉在自己面前，這時橘色的巨龍飛撲越過我頭上的懸岩。牠們的火焰使金屬變得過熱，但沒有碰到我。牠們繼續飛行，然後繞回來又通過一次。

「這才比較像話嘛。」我心想。

我跳出去，準備撕破身上的「泥巴煉獄」T恤，接著想起剛才已經撕破了，於是準備直接化身為狂戰士。

我往下衝到峽谷底部。一隻橘色巨龍落在我身邊。只要舉起我的斧頭，好好瞄準，揮個幾下，就能讓牠永遠沒辦法再囂張了。我躲過第二隻橘色巨龍噴出的火柱，然後衝過去，砍掉牠的頭。

「讓火焰熄滅吧！」我大叫。

「老兄！」邁爾斯跌跌撞撞爬出峽谷。「你有易怒方面的問題吧！」

「我知道！」

蔓越莓色的巨龍發出憤怒的尖厲叫聲，朝我俯衝而來。牠靠得有點太近，這樣會不太舒服。我是說，牠會不太舒服。我拿起盾牌，對牠的鼻子送出致命的一擊，然後將牠的頭骨劈成兩半。

「放馬過來吧！」我大吼。

最後一隻巨龍的體型顯然最大。牠衝過來準備大殺四方時，閃亮的金色鱗片差點閃瞎我。我跨步到旁邊，跳到牠背上，然後騎著牠衝進那片漂亮得有點煩、充滿弗蕾亞光芒的天空。巨龍拱起背部、扭動身子、激烈翻滾，企圖把我甩掉。我用斧頭的握把橫過牠的喉嚨，使勁往後拉。牠喘不過氣，拚命扒抓握把，但我抓得很緊。接著，牠不再甩動身軀，以死亡之姿慢慢旋轉，墜落到峽谷底部。

「碰！」牠的身體激起一團沙塵。

「啊啊啊啊啊吼——！」我發出勝利的光榮吼叫，從龍背跳下來，用盾牌與斧頭互相敲擊。

「老兄，哇。」

我抬起頭，發現邁爾斯張大嘴巴盯著我，滿臉驚愕。他身邊有一群華納海姆的戰士。有幾個人不安地扭動身子，喃喃自語。

身穿比基尼上衣的黑髮女孩走向前來。「牠們都……死了。」一滴淚珠滑落她的臉頰。

我這時才發現，雖然她、邁爾斯和弗蕾亞挑選的其他人嚴格來說都是戰士，但他們可能從沒見識過真正的戰鬥，更別提親身參與了。

「嗯，是的，牠們都死了，」我小心翼翼地說：「不過，如果牠們成功把我們烤熟吃掉，死的就是我了。永遠死掉。」

女孩以茫然的眼神看著我。

「因為我是英靈戰士。」

女孩依然滿臉困惑。

「如果我在瓦爾哈拉外面死掉，我會永遠死掉。巨龍就不一樣了，牠們是神話生物，會消失在金崙加深溝裡，最後重生。」

女孩的神情變得清醒一點。「巨龍會重生？」她抓住朋友的雙手，開始蹦蹦跳跳又尖叫。「我們這裡很快就會有小寶寶龍了。好可愛啊啊啊！」她對我眉開眼笑。「真是太謝謝你殺了牠們！」

「是啊。不客氣。」

接著邁爾斯走向前。他看看巨龍遭到大卸八塊剁碎的身子，再看看我的斧頭，以及我這副汗水和鮮血橫流的身軀。然後，他低頭看著自己高瘦的身材，再回頭看那些屍骸。他點點頭，露出理解的神情。

「所以……你的祕訣是史前的穴居人飲食法，不是嚴格的素食主義者，是吧？」

我用力拍拍胸脯。「我的兄弟，一直都是史前的穴居人。好了，如果你們不介意的話。」我舉起自己的斧頭，從每隻巨龍的身子刮下一些鱗片，用盾牌接住。「我還有一幅馬賽克畫要完成呢。」

穆斯貝爾海姆

火焰之國

我在玩火

文／亞利思・菲耶羅

「哎喲，你們兩個在一起也太可愛，我都快要吐了。那我要回去自己房間了。」

我離開時，根本不確定瑪洛莉和半生人有沒有聽見我說的話，他們兩人的嘴唇黏得那麼緊。看到他們那個樣子，害我差點開始想念馬格努斯。差點而已啦。

他跑去拜訪他的表姊，安娜貝斯・雀斯。她建議馬格努斯把他的魔法劍留下來給我保管，那把劍叫傑克，又名桑馬布蘭德，「夏日之劍」。於是，趁著瑪洛莉和半生人親吻擁抱時，我回到自己的房間，與一把會說話的劍一起鬼混。

傑克正在裝飾性的劍架上面呼呼大睡，那是貝利茲恩最近親手幫他打造的劍架。至少我覺得他是在睡覺啦。很難判斷一把劍的狀況，他又沒有眼睛。

半生人嚷嚷著說要找一些碎片時，我正在做新的陶器。這時我回到自己的陶輪旁邊。手指底下捏著不斷旋轉的光滑陶土時，我感覺到自己經歷著細微的轉變。

剛才與瑪洛莉和半生人在一起的時候，還有更早之前，我陪著莎米拉和她的未婚夫阿米爾那時，我認為自己是男性。而現在，我是女性。是的，這種變化有時候真的就是這麼簡單，因此有「流性人」這樣的稱呼。

我沉迷於自己新的陶器作品，而就在這時，傑克突然從他的劍架跳起來。他劍刃上的那排盧恩文字發出陣陣紅光，有警告的意思。

「先生！先生！」他大叫。然後他住口，似乎在看著我。還是一樣很難判斷，因為整把劍沒有眼睛。無論如何，他察覺到我的性別改變了。「抱歉。小姐！小姐！」

「傑克，冷靜。喘口氣。等一下……你會喘氣嗎？」

「現在沒時間講那個啦！透過地下武器網路，我剛才聽到一個傳言，說那個史爾特，穆斯貝爾海姆的火之王，他正在策劃一個窮凶惡極的新計謀！」

「噢我的天神啊！」我大叫。「真的有地下武器網路？」

「當然有！」傑克回嘴說：「想想看喔，九個世界全都有的一種東西是什麼？」

「索爾的腳印和飄散不掉的臭屁味？」

「嗯……對啦。不過我本來預期的答案是『武器』。我們會聊天，其實是在八卦，如果你想知道實情的話。所以，我從你的勒繩那邊聽說史爾特的傳言，你的勒繩是從亞爾夫海姆的一支箭那裡聽來的，那支箭又從約頓海姆的一把釘鎚那裡聽來的，釘鎚則是從華納海姆的一把果菜削皮刀聽來的，而它……」

「果菜削皮刀？」

傑克一陣發抖。「女孩啊，那種可怕的凌虐工具削去紅蘿蔔的外皮時，希望你永遠不會聽到紅蘿蔔的尖叫聲。總之，相關報告一路追溯回穆斯貝爾海姆。」

從傑克在空中來回切劃的動作看來，他真的很焦慮又激動。如果我沒有把他說的話當真，恐怕他會有某個盧恩文字爆掉還是什麼的。更何況，馬格努斯是賭上自己的性命相信傑克（這話一點都不假），那就表示我也相信傑克的話。

我去浴室的洗手台清洗雙手。「好吧，史爾特有什麼計謀？」

傑克讓他的劍柄圓球往下降，靠到我的沙發上，劍刃則向後倚靠著椅墊。「我不知道詳情。不過如果是史爾特，不可能有好事。」

「所以我們在等什麼呢？」我用毛巾擦乾雙手，毛巾上面繡著旅館的英文縮寫「ＨＶ」，然後我把毛巾隨便丟向洗衣籃。「套上刀鞘，我們去樹上。」

「不！我不能去！我……我沒辦法抵擋『老黑』啦。」

傑克聽起來可憐兮兮，我想起馬格努斯以前對我提過，諸神的黃昏來臨時，「老黑」注定要拿著傑克釋放巨狼芬里爾。他們上一次遭遇史爾特的時候，傑克已經感受到命運的拉扯，差點就從馬格努斯的手中跳出去，加入火之王的行列。如果傑克再次靠近史爾特，而沒有馬格努斯在場把他拉回來……

「嗯，對啦，你當然不能去，」我匆匆說：「你留在這裡，安全、健康、沒有史爾特。莎米完成她的特殊任務回來了，所以我會抓她一起去，我們還會找希爾斯和貝利茲，還有……」

傑克在我面前飛過來幾公分，他的盧恩文字閃爍著刺眼的迪斯可舞廳燈光。「不行！史爾特可以偵測到英靈戰士、精靈、侏儒和女武神。你一定要自己一個人去。」

我在空中揮揮雙手。「呃，哈囉？你有沒有忘了一個小細節？我也是英靈戰士喔。有什麼可以讓史爾特沒辦法偵測到我？」

傑克又靜默下來。最後他終於開口說：「運用你的變身力量啊。如果一直變身，你一定沒問題。況且，你的性別流動特性會把他耍得團團轉。他沒辦法鎖定你。」

我挑挑眉毛。「我沒有惡意喔，不過你的語氣聽起來好像不是那麼確定。」

「我很確定啊！嗯，總之，相當確定。算是吧。」

不是很有把握的樣子。但我不能光是坐在這裡，任憑「老黑」策劃出陰險邪惡的某種計謀。在我的來世，那種事已經夠多了，真是謝天謝地喔。如果有機會在開始策劃之前就阻止他，我必須好好掌握這樣的機會。

於是我把自己特殊的黃金勒繩套在腰際，這是女神希芙給我的。我走向自己房間的中庭，正想爬過世界之樹前往穆斯貝爾海姆的入口，但傑克阻止我。

「去搭貨用電梯，」他建議說：「我聽說電梯門打開的時候，女武神的隊長曾經遭遇噴射火焰，所以那一定直接通往穆斯貝爾海姆。」

這則花絮讓我停下腳步。「迪斯可劍，很快問個問題喔：如果去搭那部電梯，我要怎麼避免自己變成英靈戰士火燒菜？還有，我漫步穿越穆斯貝爾海姆的時候，這方面又該怎麼辦呢？」

「呃……你的背心有沒有可能是防火材質？」

「沒有，它是喀什米爾羊毛。」

「喔。嗯，我想不出來耶。」

我也是，直到目光落在我的窯爐上。

這個窯爐以瓦斯為燃料，看起來很像鋼鐵垃圾桶，外加短胖的基座，以及按下就打開的蓋子。它內部的溫度可以高達兩千度，很適合將溼軟的黏土烤成堅硬的陶器。它有厚厚的陶瓷絕緣層，保護我和我的房間不會受到極度高熱的影響。

加上一點魔法，我心想，我敢打賭，我可以把一些纖維轉化成某種東西，讓我可以抵擋穆斯貝爾海姆的火焰。

我不是像希爾斯東那樣的盧恩魔法大師，但是對魔法也不陌生。我還活著的時候，我媽，就是洛基啦（不要問），曾經教我一種法術，把我的切土器變成一條致命的勒繩。而不久之前，我只不過用手指觸摸一番，就讓名叫「陶瓷倉庫」的陶土戰士活了起來。

為了製作變身防火裝備，我拿了一些纖維，結合我的招牌標誌「烏爾內斯蛇」，那是兩條彼此交纏的蛇，代表靈活的彈性；另外加上盧恩石「阿吉茲」，我是從希爾斯東的盧恩石袋子拿的，當時沒有先問過他就匆忙借來。（如果他不希望我拿走，為什麼沒有鎖上他的房門呢？）我專心把這三件東西變成一片看不見的薄膜，裹住我的全身，宛如第二層皮膚。

真高興……好吧，其實是很驚訝，它成功了。更棒的是，我變身的時候，這片膜也跟著變形。

我做了最極端的測試，讓窯爐點火燃燒，自己變成一隻家蠅，然後，伴著傑克在旁邊焦慮盤旋，我跳進裡面。我冒出來，連一點燒焦的痕跡都沒有。

該出發了。「迪斯可劍，保護自己的安全喔。」

傑克快速擺動，飛到我的虎尾蘭盆栽上方，躲到寬闊的劍形葉子後方。「你也是。」

我變成一隻螞蟻，短暫搭乘電梯，下降到穆斯貝爾海姆。電梯門打開時，一陣火焰吞噬了我。要不是有那層薄膜，我就會像玉米粒爆開成爆米花吧。

「好棒的歡迎法啊。」我嘀咕著。

周遭富麗堂皇，包括裝有金色和黑檀木飾板的牆壁、宛如餘燼一般發亮的圓頂天花板，還有好幾塊紅色、橘色和黑色的絲綢繡帷，描繪的是同一位英俊但冷酷的男子，那個男子統御著手舞足蹈的火焰惡魔……根據這樣的環境來判斷，我抵達的地方不是什麼搞不清位置的無名小村，而是剛好就在史爾特宮殿本身的正中央。

我挺直螞蟻的胸甲，下定決心。「好了。該慢慢爬過去了！」

十分鐘內大約爬了一點五公尺後，我不再做傻事了。我變成一隻家蠅，之後前進的速度就快多了。

我發現「老黑」在一間很大的會議室裡，手指修長的漂亮雙手交握在背後，每一根黑髮都在適當的位置上。他站著，從一扇巨大的單片玻璃窗望出去，俯瞰下方的火熱景致。在座有幾位天神和女神，我都不認識。那麼，我怎麼知道他們是神？他們並沒有全身覆蓋火焰，所以不是火巨人或惡魔。他們也沒有深受高熱所苦……沒有尖叫、發出嘶嘶聲，或者燒得發出酥脆的吱嘎聲。合理的推測是什麼呢？他們是永生不死的神。

史爾特轉過身，我得拚命憋住才不至於笑出來。他一身黑到不能再黑的盛裝打扮，同樣漆黑的臉，加上凶惡黑暗的表情，本來應該很嚇人才對。但是他的鼻子實在好小啊……他正在長出新鼻子，馬格努斯前一次遇到他時，把他的舊鼻子砍掉了；於是，他現在看起來比較可笑，而不是可怕。

火之王以國標舞者的優雅動作移向桌子，站立在桌首。他的指尖緊壓著桌面。房間寂靜無聲。接著，史爾特開口說話……突然間，他似乎再也不可笑了。他的低沉嗓音輕輕撩撥我的心，推開我的想法，彷彿嘗試用他自己的想法取而代之。或者影響我，要我以他的方式思考事情。

「難怪傑克那麼急著想要奔向他，」我心想：「如果這些神受到他的魔咒控制……」

說來幸運，我的意志力能夠抵擋更厲害的操控大師：我母親，洛基（再說一次，不要問）。我小心翼翼，不讓自己引起注意，將史爾特的聲音抵擋回去。聲音的力量慢慢衰退，到最後我的心智再度屬於我自己，可以清楚聆聽他說的每一句話。

「奧丁、索爾、弗雷、洛基，」史爾特說：「他們都全神貫注於即將到來的諸神黃昏，以至於忘記在那之後會有什麼樣的未來。一個嶄新的世界啊！」他高舉著雙臂，站在大扇窗戶前面顯現出黑色輪廓。

「等到洪水退去、火焰熄滅、冰暴融化、地震平息，一個嶄新的世界即將誕生！」

他放下雙臂，壓低聲音，然後再次傾身倚著桌子。「那個世界會需要眾神啊，我的朋友。你們可以成為那些神。奧丁和他那一群天神遺忘了你們，然而到了未來，你們將可以取代他們的地位……只要諸神的黃昏來臨時，我認定你們有資格為戰爭勝利的一方奮力戰鬥。就是我這一方。」

史爾特發表演說時，我仔細觀察那些神。他們是一群雜牌軍，有些看起來很老，身穿傳統的維京人服裝；其他則比較年輕，穿的服裝來自近代的幾個世紀。他們的外貌完全沒有透露身分，我好希望他們能像瓦爾哈拉的工作人員那樣，衣服上都有名牌。無論他們是誰，史爾特說的每一個字都讓他們上鉤了。

接著，史爾特突然間不再說話。他皺起眉頭，抬高下巴，撐開鼻孔，隨即猛然轉頭，對準我藏身的地點。

我暗自咒罵。我忘了持續變身，於是火之王嗅聞到我的氣味了。這時我沒辦法變身，史爾特直視我的時候沒辦法。

一張椅子拖刮過地板。「那道藍色的光是什麼？」一名女神驚訝大叫。我猜她早就看到我，但這時她和其他的神蜂擁到窗前，還有個神推擠史爾特。他回頭瞪著那個冒失鬼時，我連忙變身成一隻跳蚤，跳向另一個地點。

從這個新的有利位置，我有絕佳的視野能夠看見外面的騷動。索爾正慢跑經過，緊張到滿身大汗，每踩一步嘴裡就嚷嚷著：「哎喲！哎喲！哎喲！哎喲！哎喲！」這也難怪，穆斯貝爾海姆的地面滿是岩漿（而且不是那種假裝「跳上家具不要碰到岩漿」的電玩遊戲喔）。

史爾特昂首闊步走到窗前。我預期他會打開窗子，對索爾轟出一顆火球，但他只是拉扯黑色的絲質窗簾遮住窗戶。「表演結束了，」他咆哮說：「如果你們全都回到座位上，也許可以陳述一下，自己有什麼資格能在諸神的黃昏加入我的陣營。」

第一位天神站起來。禿頭，流汗，肚子都快撐爆皮帶，他的模樣讓我聯想到低預算公共建設的工頭。

「我名叫荷勒！」他大吼：「是掌管疾病、毀滅和災難的天神！讓我參加你的陣營，我會用毀滅力超強的感冒擊倒大批群眾！接著，我會再加碼一種讓水龍頭漏水的傳染病，以及一連串讓牙齒格格打顫的道路坑洞！」

「真是有趣。」史爾特在一本黃色拍紙簿上草草寫了幾行筆記。「下一位？」

一位面容凹陷、上了年紀的未婚女子，挺著筆直的腰桿，從她的座位站起來，伸手撫平自己的衣裙。「我是斯洛特拉。」

再一次，我差點忍不住大笑出聲。我變身成一隻蟑螂……因為某種因素，我好像虧欠蟲子；總之我匆匆溜過餐具櫃底下。

斯洛特拉提醒大家，她是掌管審慎和自律的女神。「我會確保巨人以有秩序的陣式發動攻擊。不插隊。不會胡鬧起鬨。不會……」她挺直自己身子，繃緊薄薄的嘴唇表示非常不以為然，「嚼口香糖。而我會幫諸神黃昏之後的各種勤務規劃一張例行工作表。」

「唔……」史爾特喃喃說著：「你相當的……一絲不苟啊。」

其他神也依序站起。有些天神就像斯洛特拉和荷勒一樣提出了明確的計畫，其他天神之所以準備加入史爾特的陣營，則是因為對於目前掌權的天神深感不滿。

凡賽提是掌管正義的天神，他抽著雪茄，抱怨自己沒有成為奧丁權力核心的一份子。「眾神的老爸把我屏除在重大決策之外，像是要在哪裡綁住洛基，還有怎麼綁，你知道吧？可是呢，我加入你這邊，新世界來臨，然後『轟』！我會變成掌控全局的大人物……當然啦，陛下，把現在的成員排除在外。」看到史爾特皺起眉頭，他趕緊補上後面幾句。

女神葛魯姆是弗麗嘉的侍女，她的名字的意思是陰沉憂鬱，整個人看起來和聽起來完全就像她的名字一樣。

「一直以來，身處於弗麗嘉的陰影之下，我實在好累了，」葛魯姆說：「我希望有機會發光發熱。」

「如果獲得那樣的機會，你會怎麼做？」史爾特敦促她說。

葛魯姆瞪著他。「做？」

一位穿著寒酸上衣和奇怪裙子的女神伸手捧著葛魯姆的臉，充滿感情地搖了搖。「像你這麼漂亮的年輕女子，你才不需要『自己做』什麼。你需要的是某個人『為你做』什麼。一個丈夫啊！」她瞥向凡賽提，然後靠到葛魯姆身上。

「我是洛芬，」她輕聲說：「安排婚姻的女神。」她遞出一張名片。「打電話給我。我們來談一談。」

還有更多天神和女神自我介紹。他們所有人我都沒聽過，這讓我覺得有點難過。我很了解受到排擠的感覺。那真的討厭死了。

然而，隨著每一位新的神開口說話，我愈來愈緊張了。

「他們可能是一群雜牌軍，」我提醒自己：「但他們終究為史爾特增添力量。」

我必須讓他們回到我方陣營。或者至少不要加入他的行列。但是該怎麼辦呢？

史爾特開始詳述他建立嶄新世界秩序的計畫。同樣的，他催眠般的聲音又讓那些神落入他的魔咒。我必須找到方法打破那樣的魔咒。

接著，我突然想到：我可以在他們的耳朵裡放一隻蟲，事先提出警告。是放進真的蟲喔。

我變成一隻蚊蚋飛到斯洛特拉附近。「史爾特要掀起大騷動，」我在她耳裡輕聲說：「你真的覺得他會讓你制定秩序嗎？」

對於荷勒，我喃喃唸著：「在嶄新的世界裡，目標是重建，掌管毀滅的天神真的有容身之處嗎？」

「史爾特會對你有所期待，」我在葛魯姆的耳朵裡輕聲說著：「你真的想要那種壓力嗎？」

我繞過桌子，輕聲散播著分化離間的種子。等我說完，那些神全都以懷疑的眼光看著史爾特。

「老黑」察覺到大家的態度改變。他慢慢從座位站起來。「我的朋友們，你們都已描繪出自己必須貢獻的力量。現在呢，關於我帶來桌上的議題，你們也許需要一點提醒。」

他將一隻手伸向空中，召喚出純白烈焰的佩劍。在座的天神和女神都嚇得縮成一團。史爾特仰天狂笑，伸展成巨人的完整大小。「你們這些遭到遺忘、次要又可悲的神！要你們屈服於我的意志力是多麼容易！你們絕對沒有人敢公然反抗我！」

我選擇在這一刻變身成蜜蜂，嗡嗡飛過史爾特那顆小到一個不行的鼻子，然後用我的針刺猛戳他。

伴著一聲痛苦的嚎叫，史爾特拋下手中的劍，身體縮回原先的大小。我變成自己真實的形體。

「我就敢。」

我把自己的黃金勒繩一端甩向他的脖子，用力拉緊。接著，我拎起他的火焰劍，往上輕輕一彈，就把他那青春期的鼻子割掉了。「傑克和馬格努斯要表達他們的問候之意。」

史爾特撲向我。我變身成一頭大角羊，迎頭頂向他原本長著鼻子的地方。然後我變回人類，拉緊勒繩，直到他雙眼暴凸，再用他自己的劍威脅他。「再靠近我一次，」我警告說：「你一定會後悔。」

我環顧那些嚇得目瞪口呆的天神。「如果一個英靈戰士就能辦到，想想看我們所有人能夠達成什麼樣的成果，而且一定會達成，等到諸神的黃昏來臨時。我們沒有注定會贏，但是我們會光榮迎戰。歡迎你們加入我們這邊的陣營。可是，如果你們一定要選擇站在他那邊……」我以凶狠的力道拉動勒繩，得到的回報是史爾特發出的咯咯聲，「請謹記這點：我會親自追殺你們到維格利德的最後戰場上，親眼看著你們直接前往金崙加深溝。選擇權在你們手上。」

那些神全部消失了。

我點點頭。「好耶，我就是這樣想。」

我得坦白說，我有點太過志得意滿了。接著我意識到自己的尷尬處境。我不能回瓦爾哈拉了，把史爾特綑在我的勒繩裡就不行。帶著這種惡劣的混蛋進入奧丁的領土，他一定會大皺眉頭。而如果我放開史爾特，他會攻擊我……他眼裡的怒火清楚表達出這點。

我開始驚慌失措（只有一點點啦），而就在這時，我聽見遠處傳來「叮」的一聲。

莎米、希爾斯、貝利茲、半生人、湯傑和瑪洛莉衝進來，拔出武器準備就緒，只不過他們突然滑了幾步停下來，因為看到我拴著史爾特，而且他的劍在我手上。

「嗨，各位，」我說：「你們怎麼沒有燒得滿身焦黑啊？」

「有個小精靈用魔法擋住啊。」莎米對希爾斯點點頭。精靈伸展雙臂高舉過頭，臉孔因為奮力施展而扭曲。「還好他有備用的『阿吉茲』盧恩石，否則我們早就全都烤熟了。」

「可是，你們為什麼都跑來這裡？」我問。「不是說我看到你們不高興啦，只是很疑惑。」

「傑克跟我們說你有危險，」湯傑說：「他是聽一根警棍說的，警棍聽一把十字弓說的，十字弓又是聽你的勒繩說的。」

「而說到勒繩呢，」瑪洛莉補充說，眼睛仍盯著那條陷進史爾特喉嚨的鋼絲，「看來你根本不需要我們幫忙嘛。」

「其實呢，我用得上一點點啦。」我坦承說。

「需要什麼就立刻說吧。」貝利茲走向前，抓住那條細細的銀繩。「這條的品質再怎麼樣都比不上『格萊普尼爾』，也比不上綁住巨狼芬里爾的新繩索，不過緊要關頭還是派得上用場啦。」

趁著他用帥氣牛仔的綁繩動作把史爾特五花大綁時，莎米轉身看著我。「這裡到底在搞什麼鬼赫爾海姆啊？」

「說來話長。等到搭電梯的時候再告訴你。」

「那麼，如果全部弄好了，我們就聽命於你這位，小……呃……」半生人打量著我，「小姐？」

我嘻嘻笑。「猜對了！」

我們走向門口。到了最後一刻，我輕揮一下，把史爾特脖子上的勒繩鬆開。接著我舉起他的劍。「我要保管這把劍。算是我們特地相聚的紀念品吧。還有一件事。下一次想要策劃詭計，對我們搞什麼鬼，你要牢牢記住這點。」

我指向我的朋友們。

「我們全都準備好了。」

目標達成！算是吧……

文／索爾

阿斯嘉、米德加爾特、尼德威阿爾、亞爾夫海姆、約頓海姆、赫爾海姆、尼福爾海姆、華納海姆、穆斯貝爾海姆，跋涉穿越九個世界，累計一千萬步，實在不是件簡單的事。光是擦傷和水泡就害我差點不能完成任務，差點讓我不能在最喜歡的米德加爾特電視節目贏得客串的機會。不過如果需要的話，我願意重頭再來一次。

關於這點，我顯然必須再來一次，因為我忘記打開「健身結」的開關啦！

九個世界名詞解釋

女武神（**Valkyrie**）：奧丁的侍女，負責挑選陣亡英雄，帶領他們前往瓦爾哈拉。

凡賽提（**Forseti**）：掌管正義的天神。

厄特加爾的洛基（**Utgard-Loki**）：約頓海姆最有力量的魔法師，山巨人之王。

尤克特拉希爾（**Yggdrasil**）：世界之樹。

巴德爾（**Balder**）：光明之神，奧丁與弗麗嘉的第二個兒子，霍德爾的兄弟。弗麗嘉曾請求萬物誓言保護他免於傷害，卻漏掉了請求槲寄生這植物。洛基利用這點騙霍德爾以槲寄生做的箭頭射死巴德爾。

加拉爾（**Gjallar**）：海姆達爾的號角。

加姆（**Garm**）：赫爾的守護犬。

史爾特（**Surt**）：火巨人之王，掌管穆斯貝爾海姆。

尼福爾海姆（**Niflheim**）：九個世界之一，冰、霜與霧之國度，是終年雲霧繚繞的寒冷世界。

尼德威阿爾（**Nidavellir**）：九個世界之一，侏儒的國度。

尼德霍格（**Nidhogg**）：在世界之樹根部不斷啃咬樹根的巨龍。

弗雷（**Frey**）：掌管春天和夏天、陽光和雨水、收穫和繁殖、生長和活力的天神。弗雷和弗蕾亞是雙胞胎，兩位天神都有驚人美貌。他是亞爾夫海姆的統治者。

弗爾克范格（**Folkvanger**）：華納神族英雄死後去的地方，由弗蕾亞統治。

弗蕾亞（**Freya**）：愛之女神，和弗雷是雙胞胎。負責掌管弗爾克范格。

弗麗嘉（**Frigg**）：掌管婚姻和母性的女神，奧丁的妻子，也是阿斯嘉之后。天神巴德爾與霍德爾的母親。

瓦爾哈拉（**Valhalla**）：服侍奧丁的戰士們的天堂，位於格拉希爾樹林，又稱英靈神殿。

米德加爾特（**Midgard**）：九個世界之一，是人類居住的地方。

色斯靈尼爾（**Sessrumnir**）：弗蕾亞在弗爾克范格的宮殿，又稱多座位大廳。

沙赫利姆尼爾（**Saehrimnir**）：瓦爾哈拉的一隻魔獸，每天都遭到宰殺並烹煮為晚餐，到了隔天早上又會復活；牠的肉吃起來，滋味會隨著品嘗者想吃的東西而改變。

里德史卡夫（**Hlidskjalf**）：奧丁的王座。

亞爾夫海姆（**Alfheim**）：九個世界中的「精靈之國」。

岡尼爾（**Gungnir**）：奧丁的權杖。

拉塔托斯克（**Ratatosk**）：一隻刀槍不入的松鼠，總是在世界之樹爬上爬下，在樹梢的老鷹和樹根的巨龍之間亂傳話挑撥離間。

拉雷德之樹（**Tree of Laeradr**）：聳立在瓦爾哈拉的陣亡英靈宴會廳正中央的大樹，樹上住了一些永生不死的動物，牠們分別執行不同的任務。

林格維（**Lyngvi**）：遍生石南花的小島，芬里爾巨狼被天神綁縛在這裡。

芬布爾之冬（**Fimbulwinter**）：是世界末日「諸神的黃昏」來臨前的其中一個預兆，會出現三段漫長的嚴寒冬天。

芬里爾巨狼（**Fenris wolf**）：洛基與女巨人所生的無敵巨狼，強大到連眾神都會懼怕，因此將他綁在一個小島的岩石上。他命定會在諸神的黃昏來臨時擺脫束縛。

金崙加深溝（**Ginnungagap**）：一道原始深淵，是所有河流的源頭，也是讓一切形貌都看不清楚的薄霧。

阿斯嘉（**Asgard**）：阿薩神族所屬的世界。

阿薩神族（Aesir）：戰神一族，親近人類。

洛芬（Lofn）：安排婚姻的女神。

洛基（Loki）：他是掌管惡作劇、魔法和詭計的天神，父母都是巨人，很擅長魔法和變形。他對阿斯嘉眾神和人類時而懷抱惡意，時而英勇無畏。因為他害死天神巴德爾，所以被奧丁懲罰用鍊子綁在三個巨石上，還在他頭上放了一隻毒蛇，不時用劇毒刺激他的臉，只要他一扭動就會引發地震。

約頓海姆（Jotunheim）：九個世界之一，巨人之國。

英靈戰士（Einherjar）：在人類世界英勇死去的偉大英雄，組成奧丁麾下的永恆軍隊。他們在瓦爾哈拉接受訓練，其中最英勇的戰士將得以在世界末日來臨時加入奧丁的戰隊，對抗洛基與巨人族。

希芙（Sif）：大地女神，索爾的妻子。她的代表植物是花楸。

格萊普尼爾（Gleipnir）：由侏儒打造的繩索，可以綑綁住芬里爾巨狼。

桑馬布蘭德（**Sumarbrander**）：弗雷的佩劍，就是夏日之劍。

海尼爾（**Honir**）：阿薩神族的天神，優柔寡斷又怕事。阿薩與華納兩大神族戰後，他與密米爾一起被交換到華納海姆當人質。

海姆達爾（**Heimdall**）：掌管警戒與守衛的天神，也是阿斯嘉的門戶「彩虹橋」的看守者。

海德倫（**Heidrun**）：拉雷德之樹的山羊，會分泌乳汁釀出瓦爾哈拉的蜜酒。

索爾（**Thor**）：掌管雷電的天神，是眾神之父奧丁的兒子。傳說暴風雨的發生就是因為索爾駕駛巨大戰車飛越天空，而閃電則是因為他猛力投擲巨大戰鎚所產生。

拿不落褲（**Nábrók**）：用亡者的皮膚做的「亡靈褲」。

密林女妖（**Hulder**）：生活在樹林裡的生物，有一點點魔法力量。

荷拉德古娜（**Hladgunnr**）：赫爾的女兒，洛基的孫女。曾經是愛要把戲害人的女武神。

荷勒（Holler）：掌管疾病、毀滅和災難的天神。

密米爾（Mimir）：阿薩神族的天神，名字的意思是「智者」。與海尼爾一起，和華納神族的弗蕾亞與尼奧爾德交換人質。華納神族不喜歡他，砍下他的頭還給奧丁。奧丁將他的頭放在魔法水井中，井水讓他存活，也讓他汲取了世界之樹的所有知識。

斯洛特拉（Snotra）：掌管審慎和自律的女神。

提爾（Tyr）：勇氣、律法與戰爭審判之神。他在綑綁芬里爾巨狼時被咬斷了一隻手。

華納海姆（Vanaheim）：華納神族的居所，九個世界之一。

華納神族（Vanir）：掌管自然物的天神神族，和精靈族群親近。

奧丁（Odin）：眾神之父。他是掌管戰爭和死亡的天神，同時也掌管詩歌與智慧。他用一隻眼睛交換飲取智慧井水，獲得了無比豐富的知識。他從阿斯嘉的王座可以觀察九個世界的動態。除了待在他的王座廳之外，他也會與因戰鬥而死的英雄們一起待在瓦爾哈拉。

葛魯姆（**Glum**）：弗麗嘉的侍女。

赫瓦格米爾（**Hvergelmir**）：環繞在「世界之樹」尤克特拉希爾樹根周圍的溫泉。

赫爾（**Hel**）：掌管不名譽死者的女神。也是洛基與女巨人安格爾波達的孩子。

赫爾海姆（**Helheim**）：冥界，由死亡女神赫爾統治，通常年老、不名譽或生病而死的死者就會來到這裡。

領主（**Thane**）：瓦爾哈拉的管理者。

諸神的黃昏（**Ragnarok**）：九個世界的末日或審判之日，最英勇的英靈戰士會加入奧丁的行列，挺身對抗洛基和巨人族，展開世界的最後戰役。

維格利德（**Vigridr**）：傳說中諸神的黃昏最後戰場，天神與史爾特最後對峙之地。

穆斯貝爾海姆（**Muspelheim**）：九個世界之一，火焰之國，火巨人與惡魔所屬之地。

霍德爾（Hod）：巴德爾的盲眼兄弟。

邁歐尼爾（Mjolnir）：索爾的鎚子。

霜巨人（Jotun）：最古老的巨人，他們口中吹出的氣可以將東西變成冰塊。

作者簡介

雷克・萊爾頓 (Rick Riordan)

美國知名作家，最著名作品爲風靡全球的【波西傑克森】系列。因爲此系列的成功，使他成爲新一代奇幻小說大師。在完成波西與希臘天神的故事後，萊爾頓緊接著的【埃及守護神】系列改以古埃及的神靈與文化爲背景，還有以北歐神話爲背景創作的【阿斯嘉末日】系列。而【混血營英雄】與【太陽神試煉】系列則接續了【波西傑克森】的故事，並加入羅馬神話的元素。
想進一步了解雷克・萊爾頓的相關訊息，請參見他的個人網站：www.rickriordan.com。

譯者簡介

王心瑩

夜行性鴟鴞科動物，出沒於黑暗的電影院與山林田野間，偏食富含科學知識與文化厚度的書本。譯作有《我們叫它粉靈豆—Frindle》、【阿斯嘉末日】與【太陽神試煉】系列等，合譯有《你保重，我愛你》、《上場！林書豪的躍起》，並曾參與【波西傑克森】、【混血營英雄】等系列書籍之翻譯。

阿斯嘉末日

九個世界

文 / 雷克・萊爾頓（Rick Riordan）
譯 / 王心瑩

主編 / 林孜懃
封面設計 / 唐壽南　內頁設計排版 / 連紫吟、曹任華
行銷企劃 / 鍾曼靈　出版一部總編輯暨總監 / 王明雪

發行人 / 王榮文
出版發行 / 遠流出版事業股份有限公司　台北市南昌路2段81號6樓
電話：(02)2392-6899　傳真：(02)2392-6658　郵撥：0189456-1
著作權顧問 / 蕭雄淋律師
輸出印刷 / 中原造像股份有限公司
□ 2019年11月1日 初版一刷

定價 / 新台幣320元 (缺頁或破損的書，請寄回更換)

ISBN 978-957-32-8661-5
遠流博識網 http://www.ylib.com　E-mail:ylib@ylib.com
遠流雷克萊爾頓奇幻欄 http://www.facebook.com/thekanefans

MAGNUS CHASE AND THE GODS OF ASGARD：9 FROM THE NINE WORLDS